阅美文

因为风的缘故

王朝霞 著

西苑出版社

图书在版编目（CIP）数据

因为风的缘故 / 王朝霞著 .—北京：西苑出版社，2018.11（2022.1 重印）

ISBN 978-7-5151-0671-7

Ⅰ.①因… Ⅱ.①王… Ⅲ.①散文集－中国－当代 Ⅳ.① I267

中国版本图书馆 CIP 数据核字（2018）第 242410 号

因为风的缘故

YINWEI FENG DE YUANGU

出 品 人　赵　晖
责任编辑　陶永学　辛小雪
特约策划　凌　翔
责任印刷　陈爱华　严令升
责任校对　刘娟娟
封面设计　戴　敏
出版发行　西苑出版社 XIYUAN PUBLISHING HOUSE
地　　址　北京市朝阳区和平街 11 区 37 号楼　邮政编码：100013
电　　话　010-88636419
　　　　　E-mail：xiyuanpub@163.com
印　　刷　天津雅泽印刷有限公司
经　　销　全国新华书店
开　　本　710mm × 1000mm　1/16
字　　数　160 千字
印　　张　13
版　　次　2019 年 1 月第 1 版
印　　次　2022 年 1 月第 2 次印刷
书　　号　ISBN 978-7-5151-0671-7
定　　价　49.80 元

序

认识朝霞好些年了。知道她一直在写散文。她那些散文也没有特意叫我看过。只是偶尔闲了，我去她的博客随意看看，知道她写了新的散文，知道她因为什么又去了哪里。

朝霞的散文，不是刻意去写，只是有感而发，有缘而发，没有机巧，实实在在去写，用心用情在写，写她小时候的生活，亲人，乡间的人，孩童的游戏，外出所见所感。

按照时下的散文，所谓力度、深度，散文的结构，朝霞都不甚去管，只是安然写自己的。朝霞怕我酷暑劳神，编辑好的这本散文集只发来三万多字。这三万字我细细看了。朝霞写了很多看似寻常的人和事，但都能发掘出触动人的“点”。比如她写祖父——

记得快五岁时，我还不能正确地念出那个令我恼怒的“走”字。每次只要一出口，“走”便成了“dou”。村里的小孩甚至小叔他们都在嘲笑我，只有他一点也不恼，也不许任何人说我笨。只要有空，总是不厌其烦地一遍又一遍帮我纠正：“小姑姑上学走了没有？”“dou

了！”我答。他摸摸我的头：“发音的时候不要伸出舌头。来，再试试。”“走。”“dou。”“走”……在屋后那条混杂着野花和艾蒿香气的小路上，他和我就像练习对口相声一样，一人一句重复着单调的“走”字。长大后每每忆起，泪水都会打湿我的眼角。

朝霞的着笔之处，大多是在这样的寻常之处，但懂得写散文的人才会知道，这才是得到了写散文的真谛。大多人生，没有岁月风浪，和平年景，也没有颠沛流离，那一路的散文也就没有出处，而寻常生活的发掘也就成为当下散文的着力点。就散文本身来说，这种文体可能更为适宜写这样的生活，这样的人和事，于这样的看似平淡里，透出人之为人的意味。

我们再看看朝霞如何写外婆——

一方萝卜一方葱。外婆种菜，可不像村里那些大爷大妈一样粗糙，她更像是在进行艺术创作：先用筷子粗细的小木棍，在新翻过的土地上戳出一排排规整的小窟窿眼儿，然后每个眼儿里丢进去两三粒菜籽，然后轻轻盖上施过肥的土。“两场透雨就够了……”外婆看着菜地心满意足地说。果然，两场贵如油的春雨过后，小芹小葱小萝卜们像得了命令般齐刷刷地冒出了地面，纵横有序得简直比我们放学时的队形还整齐。过往的邻居们见了，总会隔着篱笆夸上一两句：“她外婆，你这是种菜呢还是绣花儿呢？整这么好看……”

寻常田间事，却在朝霞的描写之下，于百姓的艰辛中点染出一点生活的喜悦。这样的发现不仅仅是一个作家从文学角度的发现，而是在这样的发现、描述中，同时也呈现了一个作家对生活、对大自然赐予的感恩。

朝霞的用心用情之外，也有诙谐的一面。且看她写母亲——

有次父亲去外地开会，有人来家里找老陈要父亲的电话号码，老陈想都没想就说：“电话号码？他和电话一起拿走了呀。”

还有——

当听到我说三亚是零海拔城市时，老陈一脸天真地问：“零海拔？那三亚的海拔去哪儿了？”

说者无意，听者有心。“老陈”这样的话，别人可能会不以为然，朝霞却懂得这才是母亲“老陈”的特殊语言。这语言的背后，是无意间的冷幽默。朝霞的母亲“老陈”不必懂得什么是冷幽默，但是有朝霞这样的发现也就够了。

这篇文字里，朝霞不用母亲而用“老陈”称呼之，再加上这样的语言细节的发现，令人忍俊不禁，这也自然成为一种亲切的略带调侃的幽默。但这调侃的背后，是无以言之的母女深情。

朝霞出生、成长于乡间，乡间也就成为她最深的记忆，也成为她散文的根基。她的《亲亲的地碗儿》《外婆雪》《小游戏》《回不去的村庄》，都是写乡间生活回忆的。

我们看看她的《回不去的村庄》里的两个细节，一个是——

路过一个敞开的大门时，里面晃悠出来一条黑狗作势要扑我。我没理它，也一点都没害怕，因为这是我长大的地方。尽管我知道，和我相熟的那些狗狗都已经老去。

还有一个是——

张家胖阿婆老得更厉害，已经分不清我和妹妹谁是谁。多少年了，她的口头禅竟还没有变：“哦，我的娃们回来了？来了就好来了就好。”说着，拉起袖口抹掉眼窝里一滴浑浊的老泪。

作家对于细节的选择，有其文学意义上的考虑，但是深究起来，更有其独特的不同于别的作家的内心显现。此，或者彼，不唯是完全的选择，而更是呈现了作家内心深处的潜藏。这两段文字，前一个细节，朝霞写道，“和我相熟的那些狗狗都已经老去”。这一句是很触动人的。时光流逝，朝霞没有用别的来表述，而是突如其来地用了这样一句。岁月如斯，不唯人，连那些与人相伴的狗也都老去，人何以堪，何以能承受岁月的消磨啊！

描写张家胖阿婆，朝霞也只是集中地抓住了“哦，我的娃们回来了？来了就好来了就好”。人间的善良，仅此一句话就够了。

与朴素的语言相匹配的，是朝霞对结构的处理。朝霞不特别注意散文的结构本身，文本大多是娓娓道来，顺水推舟，入事入情即是。这样的好处，是可以随着情绪化的语言，蔓延、发展，自然而然去推动情节，而成就了全篇。

朝霞的散文，也并没有特别寻求所谓的深刻。只是顺着文字里的人和事物，因由细节的精心选择，似乎无意一样地展现了她的散文所隐含着的意味。

朝霞的写作，亦大略随性。她亦是没有太多的野心。这样的好处是可以处处随缘，写到哪儿算哪儿；不好处呢，是不给自己压力，要求自己写到如何地步。朝霞的好处，是可以肯定的；不好处呢，似乎确是有些不好。可是细细想，也难说。世间许多事情，就是无意间才能成就的。

最后，再说一句，朝霞的散文写作，偶尔，我是说偶尔也需要多想一点。想得开阔一点、深入一点。甘南这处地方，是写作的福地。上苍赐予的，不要辜负了。

人邻

2018年7月于南粤旅途中

目 录

第一辑 念故乡

人在故乡，内心会变得异常柔软脆弱。渐渐悟出，这是因为故乡的柔软——那些熟悉的草木气息、乡音呼唤，甚至小溪和蓝天，都会让你卸掉内心所有的防备和堡垒，回到曾经的天真单纯。

第二辑　小人间

都说酒能消愁，烟也能吗？每次去店里，都见他的嘴里叼着一根香烟，缭绕的烟雾很配他的沉默寡言和紧锁的眉头。好在他的妻子热情外向，每次路过都要招呼一声。为了回报她的这份善意，我隔三岔五总要去买点水果什么的。临街的水果店不少，但他们夫妻俩为人厚道，很少有缺斤少两的行为出现，一两二两的也不计较，吸引了不少回头客。

第三辑　在路上

真的，对我而言，行走的意义并不在于到过多少地方看过多少风景，而是有没有借此找回最初的自己。而即便只是这样的短暂行走，已经让我完成了一次灵魂上的抵达。

第四辑　时光书

就这样吧，做一个胸无大志的人，每天幻想、做梦、发呆，想象一个永远也抵达不了的远方，借以安慰自己……

第一辑　念故乡

人在故乡，内心会变得异常柔软脆弱。渐渐悟出，这是因为故乡的柔软——那些熟悉的草木气息、乡音呼唤，甚至小溪和蓝天，都会让你卸掉内心所有的防备和堡垒，回到曾经的天真单纯。

临洮而居的君子

夏末秋初，正值丰水期。雨水又广，使穿城而过的洮河丰腴得如同一位少妇。夕阳铺下来时，少妇的身姿、眉眼顿时生动起来，似乎在频频回首地等待一个晚归的人。而一朵一朵的浪花也被夕阳裹了金边，看上去妖娆无比。

我长久地倚在岸边的水泥栏杆上，揣度着这座城市的心事。

一位老人牵了小孙子的手，披一身夕阳从我身边经过。孙子大约刚入学，手里攥着一本《新华字典》，迈着细碎的小跑步配合着腰身略显佝偻的爷爷。

多么熟悉的一幕！倘若时光能倒回从前，眼前的这一老一少必定是我和他。当年，他也是这样牵着我的手带我散步的。时至今日，每当我孤寂无助时，还似能感受到他掌心的温热……

而今天，我只能站在他出生、长大和曾经生活过的这座小城，一遍一遍地打捞着他留给我的记忆。又辗转走完每一个街头，徒劳地期望能看到他的身影。

我出生后，他赐给我一个鲜活、饱满而富有朝气的名字。这简单的两个字里，必定寄托了他的爱和期望。只是，我懂得太迟。

他是大夫，在镇上的医院上班。我不知道他当初是因什么离开那座名叫临洮的小城而来冶力关的小山村定居，只知道他和村里人都不一样：他把所有的子女都送进了学校，他穿整洁的中山装，他身上总是散发着淡淡的中药味儿，他爱读发黄的线装书，他的指甲总是剪得很短、手指干净而修长。更重要的是，他看我时目光里总弥漫着浓郁的温情。

这些，村里和他年纪相仿的人都没有。

他以精湛的医术和纯朴的医德赢得了全村人的敬重。记得那时，常有邻居在半夜里一脸无助地敲开家里的门。而他，总是有求必应，从不计较和对方关系的亲疏，亦不计较回报，提起药箱和听诊器就出门了。村里人常说，只要看到王大夫挂着听诊器上门，再急的病也不愁了。

懵懂的我，对那个柔软得像蛇一样的听诊器产生了兴趣，偶尔趁他不在时拿出来挂在耳朵上玩，但我始终搞不懂可以从哪里得知病情。有次他拿着听诊器按在我肚子上听，说我消化不良，肚子里有蛔虫。我惊慌失措地问："蛔虫？会吃掉我的肠子吗？"他拍拍我的小脑袋："没那么严重，蛔虫不吃乖孩子。你嚼两片食母生虫虫就跑了，别怕。"我当时紧张到手心冒汗，可他的淡定自若却让我瞬间安静了下来。

是的，有他，我什么都不怕。

小时候体弱，因此得他几分偏爱。他包容着我所有的毛病：走路爱摔跟头，爱哭鼻子，爱流鼻涕，胆小……那时父亲在外地学习，母亲每天都有干不完的农活儿，姑姑、叔叔们似乎都不喜欢我，我所能依靠的，就只有他。只要他在家，我便觉得自己是安全的，再也无须担心谁的指头会随时戳向我的小脑袋。

院墙外有一棵大柳树，是真的大，枝繁叶茂很茁壮的样子。一到夏天，便会像伞一样撑开半院的清凉。黄昏降临的时候，他喜欢坐在这片清凉里读书、沉思或者抽烟。有时，他也会放下手中的书，把我抱在他的膝盖上，讲一些我似懂非懂的故事，或者教我认字。他总是夸我乖，是个听话的好孩子。

在子女面前，他属于那种不怒自威的人。父亲兄妹七人，没有一个人不惧怕他。可面对我时，他却变得无比慈祥和温情。

我知道，他宠着我。被他宠爱的往事日渐模糊，可有些细节却被记忆定格成永恒。

记得快五岁时，我还不能正确地念出那个令我恼怒的“走”字。每次只要一出口，“走”便成了“dou”。村里的小孩甚至小叔他们都在嘲笑我，只有他一点也不恼，也不许任何人说我笨。只要有空，总是不厌其烦地一遍又一遍帮我纠正：“小姑姑上学走了没有？”“dou了！”我答。他摸摸我的头：“发音的时候不要伸出舌头。来，再试试。”“走。”“dou。”“走”……在屋后那条混杂着野花和艾蒿香气的小路上，他和我就像练习对口相声一样，一人一句重复着单调的“走”字。长大后每每忆起，泪水都会打湿我的眼角。

凡此种种，他总是用细节温暖着我幼小的心灵。

“花花婆儿花花婆上天，你不上天花花衣裳脱下来我上天……”野花烂漫的黄昏里，他牵着我的手在屋后的小路上散步，抓了艾叶上贪玩的七星瓢虫教我唱上面的歌谣，然后看着小虫子披着花衣裳轻盈听话地飞走。他还指给我哪种花儿可以摘了生吃、哪种草可以入药治病。他的脑子里，装着一个我未知的世界。

他离去时，我还未满七岁。七岁的心，还不足以完全理解自此以后隔世的悲伤，亦不懂得永不相见是什么概念。只是他走以后，我变得更爱哭、更胆小。潜意识里总以为，只要我一哭，他还会回来，会替我抹去眼泪和鼻涕，然后牵了我的手去散步。而他的掌心里，依旧会有淡淡的中药味儿……可是，我竟再也不能坐在他的膝上听故事，再也闻不到他身上的中药味儿，不能藏在他的后面躲避生活中的风雨了！

长大工作后，我每年春节或清明节都会去看他。相框里的他还很年轻，有着温暖的眼神，梳着整齐的头发，穿一件蓝布大褂，很符合我心目中的医生形象。只是，他永远都不知道他给过我的温暖和快乐曾经有多让我珍惜……

许是临河而居的缘故，他出生的这座西北小城如今以花卉而闻名，花卉尤以兰花居多。在街头随意转两个小店，发现店里都会摆上一两盆兰草，让人无端生出几分好感。而我，花草盆景中说不出缘由地钟情于兰花。在他的小城小住几日后才恍悟：原来一直以来对兰花的偏爱是缘于我身上流有他的骨血！

人们常将兰花喻为君子，儒雅而良善的他，不就是一位君子吗？

他是我的祖父，就是被我唤作爷爷的那个人。

外婆雪

冬至过后的一场雪，让世界淡成了一幅素描。目光越过拥挤的楼群时，我看见柔软的炊烟一直飘向了天幕的深处。

在这样简洁的素描里，我总是一次又一次地想起外婆——那个雪一样干净、月光一样温暖的老人。

记忆中，小时候多雪，且每场雪似乎都和外婆有关。

那时候，父亲在外地工作，我们还小，家中里里外外的活自然都落在了母亲一人的肩头。作为家里最大的孩子，我总尝试着尽可能地为母亲分担一些什么，哪怕只是挑一回水，洗两件衣服。但在风风火火的母亲眼里，我帮忙基本上等于给她添乱。

我知道，家里、地里的那些活都难不倒母亲。最让我发愁的是，冬季里一场接一场的大雪——偌大的院子、所有的房顶以及门里门外，每次只要一下雪，母亲就会因扫雪累得汗流浃背、气喘吁吁。我清晰地记得，每次下完雪，村里家家房顶上挥锨舞帚的都是男人，唯我们家，母亲头上单薄的红头巾成了皑皑白雪中最耀眼的风景。可在当时，我是顾不得欣赏这份美景的。我的心被揪着、被悬着，我紧张万分地仰着脖子追随母亲的身影，从这头到那头，从一个房顶到另一个房顶——雪那么厚、梯子那么滑，我觉得只有我的目光不离开母亲，她才会是安全的。

母子连心。外婆心疼自己的闺女，每到冬季只要能抽出空闲，都会来我们家久住一段时日。当然，她来不只是为了帮母亲扫雪。但只要下雪，外婆每次总是抢先爬上房顶，只留院子里的雪给母亲清理。外婆虽然脚小，却称得上是身轻如燕。往往是母亲还未及裹好头巾戴好手套，外婆就已经爬到了房顶。母亲每次和外婆吵，但没有一次能吵赢过外婆。现在想来，该是母爱的力量大于一切的缘故吧。很多时候，外婆会站在扫净了雪的屋顶上大声地说："多好的雪啊，明年一定又是个丰收年！"我仰头看时，外婆嘴里呼出的气变成了一朵朵洁白的雪花，在我心底徐徐绽放。达观而坚强的外婆，总是乐呵呵地面对生活。她爽朗的笑声渐渐让我觉得：原来女人也可以跟男人一样无畏。

最恋雪后的黄昏。就着一盆炭火围坐炕头，母亲专心地纳着鞋底儿，外婆吧嗒吧嗒地抽着她的水烟。我和弟弟特别喜欢听她的烟锅发出的呼噜声。那样的时光，现在想来很是温馨：火盆里，炭火正旺；小砂罐里，炖着外婆喜欢喝的大茶。抽完烟的外婆，再嘬两口苦茶，就开始她的"故事会"了。外婆会讲的故事很多，温情的、神话的、传奇的、浪漫的应有尽有。"王祥卧冰"是外婆讲的次数最多、也是我记忆最深的一个故事。那样的夜晚，雪光挤进窗棂映着我们的脸，我们围着外婆的故事，外婆温暖着我们的心灵。彼时，故事本身的好坏已是其次，我们更迷恋那种温暖的氛围，包括母亲。

外婆对待孩子很有耐心。记得雪后天晴时，她专门把水泼在院子里结成冰，给弟弟溜冰玩；她给我和妹妹缝沙包、扎毽子，说她喜欢看我们穿着花棉袄在雪地里蹦蹦跳跳的样子；每次扫雪，她总是把最干净的雪留下，给我们堆雪人……"金银是死宝，儿女是活宝"——这是外婆最爱说的一句话。她最见不得大人训斥小孩，她认为孩子顽皮一点是天性，训斥多了，孩子就会变得圆滑、世故，失了童真。“谁不是从孩子一路走过来的呢？”每每见到哪家大人打骂孩子，外婆总是这样叹气。

记不清有多少个月高星稀的夜晚，外婆带着我们在院子里做游戏、唱儿歌。远处的山坡上，刚刚落过的新雪上又铺满了温柔的月光，世界一片温馨。我一直觉得，就连月光也会知道，是雪花成全了外婆的爱，是外婆的爱温暖了我们的每一个冬天。

月亮就在前面

母亲关煤气时不慎碰伤了手，一道小口子。她自己用棉签蘸了碘伏一边擦拭，一边埋怨自己越老越笨。我没吱声，穿了外套出门，去药店买创口贴。

冬天的夜晚来得早，不过七点多钟的样子，夜已经黑成了一块巨大的幕布。抬头，瓦蓝的天空缀满了星星，银盘似的月亮也高高地悬在了头顶，清澈的光芒让街边的路灯暗淡了许多。哦，算算时间，该是圆月之时了。因了这份清澈的月色，心情瞬间变得通透、明媚。

刚出小区大门，听见母亲趴在五楼的阳台窗户上喊:“回来，天黑了，你一人出去不安全……”街上有路灯，头顶有月光，哪里会有什么不安全？母亲，永远是这个世界上最唠叨的人。我坚定地冲母亲挥挥手，哼着歌儿把自己交给了水一样的月光。因为我知道，无论我走多远，月亮就在我的前面。

“月亮就在前面。”这句话曾是母亲的口头禅。说这话时，她还年轻，我亦幼小。待我亲身体会到这句话的美好含义时，月亮还是那枚月亮，母亲却已老去。

冬夜的冷，让喧闹一日的街头早早地安静了下来，像卸了浓妆的女子，变得收敛许多。只有风拍打着昏暗的广告灯箱。我庆幸有这样的宁静，让我成为纯粹意义上的我，可以和月光做最倾心的交流。或者，让我带着自己回到小时候的月光当中……

年幼时，家里人多活也多。深夜或凌晨，母亲仍然披一身月光劳作不休：去泉里担水、去林子拾柴，或到地里干活……印象中，母亲这样忙碌时，总有温润清澈的月光陪着她。那时候，母亲的白天似乎是从深夜结束，又从凌晨开始。年幼无知的我，根本不懂得安慰母亲日复一日的疲惫，却还因为每次醒来她都不在而哭闹不休。现在想想，真是欠揍啊！更欠揍的是，有次我醒来后非要在凌晨的月光中跟着母亲去泉里挑水。去就去吧，回来的路上还要一直抓着木桶的耳朵，说是怕母亲的步伐太快，摇碎了水中的月亮。母亲被我绊得没法走路，只好给我的屁股上赏了重重的两巴掌。我疼得放声大哭，母亲唬我说："月亮婆婆从来不喜欢爱哭的孩子，还哭？"我立时噤声，忍住泪水跟在母亲身后一路小跑。静悄悄的村道上，我的抽泣声和母亲的脚步声很有节奏地合在一起，听起来遥远而空旷。月光温柔，将一大一小两个身影清晰地反拍到地上，构成一幅会动的画。让我欣慰的是，眼前两只笨重的水桶里，都晃着一枚温柔的月亮。

稍长大一点时，终于懂得心疼母亲。肯在凌晨起床陪她去挑水，不再单单是为了晃在水桶里的月亮，更多的，是怕她一个人在月光下的身影太孤单。那个时候的母亲，也不过是个二十多岁的大孩子。后来问过母亲，那么晚或那么早出门干活，不害怕么？母亲咳嗽一声说："害怕啥呢？月亮就在我的前面。"现在想想，母亲的话里有一半是假的。她那声咳嗽，就是为了掩盖自己一直以来的恐惧。但她不能说——孩子太小，丈夫在外读书，除了自己，她没有谁能够依靠。而另一半的真，是因为月亮真的一直就在母亲的前面，为她照亮了前面的道路。

其实在我两三岁时就随母亲走过夜路，只是年岁太小没有记忆。听母亲说，有次她带着我去邻村的水磨坊磨面，从中午开始搭上磨，待那口古老而笨拙的水磨将两大口袋小麦变成面粉时，已是月上柳梢头的光景。母亲拍拍身上的面粉，给毛驴驮好面粉，抱起睡在磨坊炕上的我就出发了。“那天晚上月亮特别圆，比灯盏还亮，就像白天一样……”母亲比喻月光的清澈时，常常会说比煤油灯盏还亮。七八里山路，重负之下的毛驴走得很慢。母亲抱着我，走得也很慢。母亲回忆说，虽然有月亮，但那天晚上她走着走着就开始害怕了。老觉着身后有脚步声，回头看时，又影影绰绰一片模糊。后来，她故意大声呵斥着瘦驴给自己壮胆，又抱紧了怀里的我加快步伐，可脑子里想的却全是流传于农村的那些令人汗毛倒立的鬼故事。越想越害怕，越害怕脚底下越快。以至于到家后，浑身上下已被汗水湿透的母亲根本没有意识到瘦驴还在路上奔波。好在，那驴虽瘦，却也识得回家的路途，不在月光里贪玩，乖乖将面粉驮回了家。母亲说：“尽管知道月亮就在前头，可毕竟是走深夜的山路，四周静得瘆人。我害怕得心都要跳出来了，你却在我怀里呼呼大睡，像小猪一样摇都摇不醒……”母亲每回忆一次，我就愧疚一次：真的是猪转世的吗？怎会有那么多瞌睡？如果醒着，可以一路陪母亲聊天，或听她讲故事。那样的话，月光下的山路就不会那么漫长，母亲也不会那么无助。而那一路的陪伴，也会成为很多回忆里最温馨的一幕。

如今，每逢月圆之夜我都喜欢关了灯，让窗外的月光明晃晃地陪着我。或者一个人去外面走走，也不害怕，因为知道月亮一直就在前面。我刻意保持着这份习惯，只是为了让月亮知道，我依旧是当年那个喜欢在月光下奔跑和做梦的少年。

丢钱记

我念二年级的时候，父亲还在外地工作。每次只要父亲一回家，家里就会像过年一般热闹。母亲忙着做好吃的，我们姐弟三人围在父亲身边问长问短，就像父亲来自另一个星球似的。除了对外面的世界好奇以外，更重要的是，我们还对父亲给的零花钱充满了期待。那时父亲的工资也不高，除补贴家用外所剩无几。但他每次回单位前还是要挤出一些零钱给我们，有时几分，有时几毛，作为鼓励。我们也舍不得花，一分一角地存起来。

七十年代末期，在勉强解决温饱的农村，身上哪怕装一分钱的学生也寥寥无几。铅笔或作业本用完了，回家去到鸡窝里摸一颗热乎乎的鸡蛋，拿到村里的代销点就可以解决问题。那时的鸡蛋真是可爱啊，不光能吃，还承担着货币的功能，可以换铅笔换本子换冰棍换甜得腻人的洋糖。所谓“鸡蛋换盐，两不见钱”。正因如此，当抽屉里的纸币攒到一元三角时，我终于按捺不住了，虚荣心开始咕噜咕噜冒泡，我决定到同学们跟前好好炫耀一番。班里的张小兰总挖苦我说干部家娃娃也没啥了不起，还故意撺掇同学孤立我；那个姓曹的胖子更是可恶，老是偷偷撕我的作业本或弄断我的铅笔芯。这些大大小小的委屈，平时我都跟钱一样悄悄地攒着。如今，我应该让他们知道一下我的厉害了。

临出门前，我背着母亲偷偷将折叠整齐的第一笔“巨款”装在上衣口袋里，然后用手紧紧按着口袋，以风一样的速度跑向学校——万一被母亲看出破绽，我的阴谋就不能得逞了。到校后离上课还有半个多小时，我跟往常一样和同学们在院子里玩“打宝”（一种纸叠的正方形硬牌，将对方的牌用自己的牌打翻即为赢），那种纸牌的特点是越硬越好、越厚越好，因而有的人喜欢往里面塞一层硬纸板或油毛毡去玩。那天的我不知怎么就昏了头抽了风，竟然将那一元三角钱也放在了纸牌的夹缝里，于浑然不觉中输给了别人。因为中途换过人，我根本弄不清那些钱到底落入了谁的口袋。待想起那笔未及炫耀的“巨款”时，我已在放学回家的路上了！我永远记得，当手伸进口袋的那一瞬，我的脑袋里面发出一声闷响，像是被人敲了一棍子。接着，短暂的眩晕后，大脑缺氧似的一片空白。我揪着自己的小辫儿瘫坐在路边，感觉到溺水一样的窒息。那水真深啊，我看着自己一点一点地往下沉，却发不出一点声音……过了多久？缓过来的那一刻，我相信我一定是目光呆滞，面如土色。我想不起自己是怎么到家的，只记得前脚才踏进家门，我就号啕大哭，一直哭得肝肠寸断、天昏地暗，哭到一句话也说不出来……

一元三角钱，可以买十三个作文本，可以买一支熊猫头的水笔还绰绰有余，可以换掉我落了漆的铅笔盒还能外带一个转笔刀……

一元三角钱，可以给一个八岁的女孩买来很多快乐，而我，竟那么大意地就给丢了。

亲亲的地碗儿

地碗儿是长在地表皮的一种野生菌类，通常在冬末春初间生成。深褐颜色，状若小木耳，紧紧地贴在地面、石头或者青苔上，很羞怯的样子。别看地碗儿其貌不扬，却属山间美味，是蒸包子的好食材。捡回去用水泡发后清洗干净，和上酸菜，调入植物油、食盐、辣椒面、葱段等拌匀，即成美味可口的包子馅儿。

小时生活贫困，生长于山野间的地碗儿便成了母亲为我们改善伙食的首选。拾地碗儿，则是我和妹妹最爱干的活了。春节前后天气晴好的日子，提个竹篮去往村北那片向阳的山坡晃悠一个下午，怎么也能拾个一两碗回来。赶在农历二月二前拾够蒸一顿包子的地碗儿，差不多是村里每个小孩或老人要做的活。谁家要在二月二这天没蒸地碗儿包子，一定是要被左邻右舍笑话的。

我和妹妹最爱去的地方有两个，一个是村北的大石头，一个是村子下面的青岗梁。这两个地方的地碗儿最多也最集中，手指随便一抠就是一大片。后来发现青岗梁风大，有时候还会碰到邻村的放羊娃，合起伙来挑衅我们，慢慢就不爱去了。

大石头其实更像是一座小山，我每次去爬，都怀疑它是孙悟空给变出来的，不然这空旷的山林间怎会出现那么突兀的一块石头？它落户在此一定有些年头了，因为上面不仅生满了年代久远的苔藓，还有灌木丛。我们还不止一次地在灌木丛中发现过野鸡、野兔等小动物呢。而大石头的脑门儿上，永远有着一团化不掉的积雪。小小的地碗儿就落寞地躺在那里，遍地都是。为了得到母亲表扬，我和妹妹每捡一朵都要认真清理掉沾在上面的羊粪、苔藓等杂物，并相互监督对方篮子里的劳动成果。妹妹话多又顽皮，一会惊叫捡到一朵大地碗儿跑来炫耀，一会儿又躲进灌木丛假装失踪。黄昏的风吹过静静的山岗时，枯叶们会发出窸窸窣窣的响声，更添了几分万籁俱寂的意味。我胆小，偶尔会生出一丝莫名的恐惧，担心碰到西游记里的妖怪、白骨精什么的，时不时地忍不住要抬头看一眼四周。还好，风轻云淡，温弱的阳光在，妹妹也在。

跟着村里的老人们一起去拾地碗儿时，常听她们絮叨："地碗儿是有灵性的，你要唤它才会出现……"于是我们学着老人们的样子，嘴里念念有词："三娃四娃，羊粪蛋变的地碗儿……"老人们还说，响过春雷以后的地碗儿千万不能吃，吃了耳朵会变聋。这些毫无科学依据的话，让年幼无知的我们深信不疑。

母亲的厨艺不错，普普通通的玉米面，经她的手散成散饭或拌成拌汤，吃起来别有一番滋味。她做的地碗儿包子更是口感醇正，味道鲜美，吃过的人都要咂着嘴感慨一番："同样的地碗儿，同样是酸菜，看看人家做的这包子……"

二月二是春节后最让小孩子们留恋的一个节日了。随着开学日期的临近，新一年的劳作忙碌又要周而复始。因为意味着告别，那一天的地碗儿包子，在孩子们眼里就有了几分悲壮的意味，吃起来也就格外仔细用心，不再像平时那样嘻哈喧闹，一个个举止端庄得充满了仪式感。

有一年夏天，我在放学路上遭遇了突如其来的大雨，整个人被淋成了落汤鸡。本想回家后跟外婆和母亲好好撒撒娇诉诉苦，进门后却发现她们母女也是一脸愁容。原来，为了招待外婆，母亲拿出那碗存放半年的地碗儿准备做包子，没想到那场倾盆大雨冲漏了厨房的屋顶，漏下来的泥水刚好流到了拌好的包子馅儿里。母亲伤心大哭，外婆心疼闺女，以为一点泥水不碍事，手脚麻利地帮母亲蒸好了包子。包子出锅后才发现，沙土硌牙，根本不能吃，于是两人守着一屉热气腾腾的包子左右为难，不知如何是好。

那顿地碗儿包子，大概是我有生以来最具苦涩记忆的一顿了。远离乡村多年后，再也没有重温过在雪后初晴的日子里捡拾地碗儿的那份快乐。偶尔在餐厅吃过的地碗儿包子，也早已没了曾经的滋味。而菜单上的地碗儿，也早已更名为地达了。

那年小葱染春风

外婆弯着腰，吭哧吭哧地挥锹舞锨。不一会儿，一垄平整周正的菜地就出现了，黑油油的泥土散发着醇厚好闻的味道。外婆直起身子，捶两下酸困的腰身，又开始播撒菜籽儿。温吞而调皮的春风，一会掀起外婆的衣角，一会又吹乱她额前的白发。我和妹妹说是帮忙，其实就是给外婆添乱。因为偶尔碰到半截抛出地面的蚯蚓，也能让我们惊慌失措得叫上老半天。

这是春三月。雨水过了，惊蛰春分也过了。外婆挑选晴好的天气，走上十几里的山路，专程来帮她的女儿侍弄菜园子，年年如此。

一方萝卜一方葱。外婆种菜，可不像村里那些大爷大妈一样粗糙，她更像是在进行艺术创作：先用筷子粗细的小木棍，在新翻过的土地上戳出一排排规整的小窟窿眼儿，然后每个眼儿里丢进去两三粒菜籽，再轻轻盖上施过肥的土。“两场透雨就够了……”外婆看着菜地心满意足地说。果然，两场贵如油的春雨过后，小芹小葱小萝卜们像得了命令般齐刷刷地冒出了地面，纵横有序得简直比我们放学时的队形还整齐。过往的邻居们见了，总会隔着篱笆夸上一两句：“她外婆，你这是种菜呢还是绣花儿呢？整这么好看……”有一次我趁外婆不备，抓起一把萝卜籽就胡乱撒开了。还不等菜籽儿落地，外婆的巴掌就呼呼带风地扇了过来：“你当是在种麦子吗顺风就扬？籽儿都糟蹋了看你吃啥！”外婆的手掌宽大粗糙，可我的屁股一点都感觉不到疼。

外婆是世界上最好的外婆，不光会讲好听的故事，还教会我们很多童谣。比如，对着袅袅炊烟可以说：“烟烟冒上天，天上娘娘擀花毡。花毡破，烙馍馍……”追着月亮跑的晚上也有：“月亮月亮光光，照在院里烧香。烧的什么香，烧的花花香，花花院里一堆鹅，扑噜扑噜飞过河……”这些富于意象的乡土儿歌，曾经温暖了我们的整个童年。

其实母亲身手也还不错，翻地、平垄、种菜都是有模有样的，但外婆总是不放心。她大抵以为，母亲还太年轻，侍弄菜园还缺一点经验欠一份火候。只有她自己手到眼到了，才肯放心。天下慈母，都有一颗亲力亲为的心。

农村人吃葱，不会连根拔起，只挑肥嫩的葱叶掐下来即可。挖葱要等到秋末冬初，挑长了两年的那种老葱，挖出来晾干水分，扎成小把后藏在洋芋窖里，供冬天食用。留在园子里过冬的，只剩春天里会最早冒出来的小葱，也叫羊羔葱。正因如此，在我最早的记忆里，羊羔葱就是春天的象征。嫩黄嫩黄的羊羔葱冒出地面的时候，春风就酥软了。春天一来，外婆也要来了。而外婆一来，小葱就能吹响娃儿、蒸包子了，这是多么让人快乐的事啊！

于是春天的黄昏里，每天放学回家的我打老远就瞄着菜园瞅，看看篱笆内有没有外婆的身影：园子里的羊羔葱已经亭亭玉立了，路边的柳树已挤出了嫩芽，池塘里的青蛙也开始歌颂春天了，外婆怎么还不出现？

知母莫若女。母亲一点也不急：“没事，外婆最迟明后天就来了，你没听见鸦雀（喜鹊）叽叽喳喳叫了一早上吗？”果然，第二天外婆准会气喘吁吁地出现在我们面前。

喜鹊真是个好鸟。

其实，外婆每年迟也顶多迟个三五天。她总会赶在清明前，把我家的菜园子给伺候齐整了。这样，等过了清明，到了该栽瓜种豆的谷雨节气，我们家的园子早已是生机一片。在那些美好的日子里，我和弟弟妹妹吹着外婆给我们做的小葱响娃儿，将一个个黄昏吹得七荤八素；我们吃着外婆做的羊羔葱包子，感受春天般的清新浸满身心。暮色来临的时候，外婆会用刚刚发芽的柳枝做成绣球，挨个儿来挠我们的痒痒。就这样，在我们嘻嘻哈哈的笑声中，春日渐渐变深，我们一天天长大，外婆一天天老去。

光阴无情，很快将我们抛出了童年。

外婆离开我们以后，每年如期而至的春天再也没有了小葱响娃儿吹起。徐徐而来的春风，只会吹皱我心底堆积的那一汪惆怅。而离开村子后，更是再也没有了篱笆菜园，再也没有一垄垄鲜活嫩黄的羊羔葱可以让我等待。那一个个和春天有关的节气，逐渐变成了乡愁酿成的酒，每次小酌，都会让人在思念中酩酊大醉。

在那东山顶上

我决定写写那个叫作东山的小小村庄。

在离开故乡的很多年里，我曾无数次地梦到过它。很多时候，它像一个隐喻的存在，反复还原着我的童年。

我出生的时候，村庄还小，房舍简陋而凋零。东一家西一家的村子中间，空出来很多庄稼地。每年过了端午，地里的豌豆、洋芋、小麦、青稞们像赛跑一样向上生长，为清冷的村庄平添几许水灵灵的诗意。

村里大半数以上都是张姓。一笔写不出两个张字来，想必往前推个几十年，都是从一个张家开枝散叶出来的。奶奶的娘家在村里算是张姓大户，所以村里凡是姓张的老一辈，我得统统称他们为舅爷、舅奶，年轻的都得叫表叔、表婶。看似不相干的左邻右舍，往上挪个一两辈儿，都是打断骨头连着筋的亲戚。即使这样，村里人还是看不出有多么团结和睦，邻里纠纷吃醋撒泼偷鸡摸狗的事时有发生。若你突然听到村里有谁家媳妇连哭带骂地撒泼，肯定又是哪家的妯娌或婆媳之间为鸡毛蒜皮闹上了。农村女人撒泼，无非老三样：一哭二闹三上吊。当然也有吵完后拂袖而去回娘家的，但也超不过两三日，等不及男人来请，自个儿就觍着脸收拾包袱准备回了。毕竟，嫁出去的姑娘泼出去的水嘛。这样的记忆多了，我甚至觉得一个有矛盾、有纠纷、有泼妇骂街的村庄才能算是真正意义上的村庄。

我们家不在村子中心，却在村里偏南的一角——那个叫蒿滩的地方。因为居住位置的原因，村里人说起我们的时候，总称为“蒿滩里的”。

在东山村，我们家算得上是一个另类。从小，我就觉出自己与村里那些小孩子不一样：其他孩子说的话，我不能学不能说；别人家孩子们能做的事儿，我不能跟着去做；别人放学了聚在村子中心打闹玩耍，我放学了得乖乖回家待着……这样的不同，使得村里的小孩们对我既亲近又疏离。他们想跟我玩的时候，称我是“干部家娃娃”，排斥我的时候，又会充满敌意地说“蒿滩里娃”。因为难以融入那个集体，我变得越来越胆小，越来越孤僻。有时放学路上被村里的坏孩子们围在路口刁难，我除了哭以外毫无办法，不会骂也不会反抗，也不能将骂还回去，只能一边走一边哭。

村里有几个很皮的孩子，总爱拿我穷开心。每天让那个蒿滩里丫头哭一场，对他们来说似乎是一件特别有成就感的事情。他们知道我胆子小，于是就往我书包里塞各种虫子，揪我的麻花辫儿，踩我的花布鞋，藏我的作业本……总之，他们想着法子地整我、看我哭。并且他们警告我不能去找老师打小报告，不然我的日子会更加不好过。我也不敢告诉家里人，即使说了，他们大概也认为那不过是小屁孩之间的打打闹闹，不值一提。大约是我太爱哭了，日子一久，坏孩子们终于失去了欺负我的兴趣，将矛头转向了别人，我终于摆脱了那些噩梦。

农村总是有许多奇怪的禁忌，比如正高兴到忘形时，总会有大人过来敲你的脑袋瓜：“人狂祸出来，狗狂豹子衔（tai）……”以此警告要收敛一点。念初二那年的寒假，我受了一次伤，并且是在大年初一。那天午饭后，按照父亲的交代，我要印一沓厚厚的纸钱给过世多年的祖父。祖父是我最爱戴和尊敬的人，所以每次给他印纸钱我都会抢着干。那天也不知怎么了，活干了不到一半的时候，我突然起身，说要去村里荡秋千。新立好的秋千我还没见过呢，念头一起我丢下手里的活就出了门。我到秋千场时，看见我的一个小表叔在秋千上荡来荡去，旁边还有一个人在等，但我记不得是谁了。因为过年嘛，那天我打扮得有点花枝招展的味道，新衣新裤新鞋，发辫上还用纱巾扎了一朵黄色的蝴蝶结。因此，我自我感觉非常良好地靠在篱笆前排队等候。我想象我荡秋千时，发梢上的蝴蝶结会不会真的像蝴蝶一样飞起来，那感觉一定美极了！正当我自我陶醉时，忽然刮起了大风，然后我感觉头上被重重地撞击了一下。我扑倒在地的时候，清晰地看到眼前扬起了大片的尘土，我头上的黄蝴蝶轻轻落在了土里，就像电视里的慢镜头一样。那个瞬间还有意识，因为我听到旁边有人喊："快来人啊，架杆把人砸伤了！"我心想，这大过年的，是把谁给砸伤了呢？之后，就什么都不知道了。

事后才知道，那天的大风刮翻了立在篱笆外的一根架杆，倒下来的架杆砸中我的后脑勺之后，落在了那道篱笆上。就是说，若没篱笆挡着的话，我会被那根又粗又长又没长眼睛的架杆给砸死也不一定！谢天谢地谢菩萨，让那道篱笆救了我的小命。

我初中毕业的那一年，全家人搬到了镇上，住在父亲单位的家属院里。父亲费了老大劲才说服母亲同意离开东山，离开那个辛辛苦苦建起来的小院。搬走之前的半个月里，母亲每天东摸西摸地絮叨，说实在舍不得自己亲手"盘"起来的这个小窝。临到走的那天，她才跺跺脚说："唉，走吧走吧，对这个干东山还有啥想头呢。"嘴里虽然这样说着，她的眼眶还是悄悄地红了。

自此，东山就成了我真正意义上的故乡。

小游戏

青草为菜，残瓦当碗，破旧废弃的瓶瓶罐罐宝贝般摆在桌面上，作为全部的家当。还要走亲戚，要给亲戚带礼物。要比谁做的饭好吃，比谁的家干净富有。其实，带给亲戚的礼品不过是几片被我们命名为花卷或油饼的树叶。而所谓的富有，也不过是摆着很多的玻璃瓶或小瓦片而已。

虚拟的“过家家”游戏，被儿时的我们玩得跟真的一样。

弟弟的家，摆得最多的是从墙角旮旯里捡来的碎瓷片或瓦块，并根据形状分别命名为锅碗瓢盆等生活用品。我和妹妹则比赛似的用花朵装扮自己的屋子，这儿摆两朵红的刺玫，那里插一束紫的咪咪花，恨不得用野花把整个房子裹起来。我们共同扯来牛蒡叶铺成床，将肥嘟嘟的青霉素药瓶洗净后做水杯。天气好的时候，摘一些可以吃的野果为晚餐，并郑重其事地用来招待亲戚。我们有时当邻居，有时做亲戚，偶尔也会合为一家。这样的时候，通常由我来扮演妈妈。扮妈妈是很遭罪的事，因为他们两人的条件太多、太苛刻。弟弟说：“妈，我想吃炸鸡腿了！”我得装模作样地赶紧给他切两根苦苦菜递过去。他又吧唧着嘴说：“这次炸的鸡腿怎么一点也不好吃？”这一头妹妹也跟着煽风点火：“妈，我要吃大肉馅的扁食。”我手忙脚乱地掐碎一堆青草，用树叶包成扁食的形状，盛在最好看的碎碗片里递给她。妹妹才尝一口，就夸张地皱皱眉头：“你把卖盐的打死了吗？太咸了！”弟弟一听，立马凑过来：“姐，你做的鸡腿也没有妈妈做的好吃。”妹妹又说：“你做饭时的样子也没有妈妈好看……”我一时恼羞成怒，又因游戏身份限制不便于发作，只能建议散伙各玩各的。事实上，在当时那个物资匮乏的年代，除了过大年，哪里有炸鸡腿和大肉馅的饺子可以随便吃呢？我们三番五次地虚拟，不过是为了安慰自己肚子里的馋虫。

最奢侈的一次，我们各有了一把小折扇。有了折扇，就可以扭秧歌可以扮戏里的相公，还可以让骄阳似火的夏天生出一丝丝冷风……可还没等我们扇出冷风扮够相公，父亲手中的鸡毛掸子就狠狠地落在了我们的掌心。扇子是我用纸折的，纸是弟弟从父亲的书柜上找的，书是七分新的《本草纲目》。三个折扇换来掌心火辣辣的疼，实在是委屈。一直到父亲用糨糊粘好那些皱巴巴的书页时，我们三个人还在抽抽搭搭地哭泣。

稍大一些时，我和妹妹担负了一些力所能及的家务，扯个猪草喂个鸡等。不管母亲安排多少活，我们总能抽空找到玩“过家家”的时间。似乎那时，再没有什么事情能让我们如此专注和投入地感受到幸福快乐了。记不清有多少个骄阳似火的午后，我们煞有介事地用过游戏里的午餐后，懒洋洋地坐在树荫下听蚂蚱唱歌听蜜蜂吟诗：叽叽叽，嗡嗡嗡。偶尔飞来一两只蝴蝶，华丽的翅膀在我们眼前一闪，又不见了。阳光似乎是静止的，一直停留在树叶上和我们对峙。终于熬到困倦时，我们就捉那种长着黑屁股的胖蜜蜂玩。那家伙又蠢又笨，随便落在哪里都会轻易被捉。捉住后在它腿上拴一条线，放风筝那样看它挣扎着飞来飞去，颇觉好玩。有时也捉那种叫作长毛的虫子，然后一根一根扯下它的大长腿，口里念念有词“长毛长毛打梿枷，我给长毛领娃娃……”那些脱离了身体的长腿就会听话地一下一下敲打着地面……

终于有一天，这个游戏因弟弟上学戛然而止。其时，我已读五年级，妹妹二年级。为防后患，父亲毅然用几本连环画换走了我们辛苦积攒下来的一堆“家当”。哗啦啦……那些被我们擦拭得干净剔透的玻璃块和碎瓦片，重回垃圾堆时发出了清脆悦耳的声音，像是在跟我们郑重道别。

在往后的成长岁月里，我们又学会过不少好玩的游戏，但始终没有一种能像“过家家”那样让我怀念。

不曾走远的外婆

常常梦见外婆。梦见她离世前的模样。梦里，外婆家门口的老杏树还在，树底下的小木凳也在。只是，外婆的身影依稀。

其实，更习惯回忆她抽烟的样子，忙碌的样子，生气的样子……似乎这样的回忆，要比梦境更能稀释伤怀之情。

外婆一生不识字，但识大体。她说出来的很多话，长大以后的我才能悟出其中蕴含的道理。“金银是死宝，儿女是活宝”——这是外婆最爱说的一句话。记忆中，外婆更喜欢我们玩耍，几乎从不逼我们屈居屋内写作业练生字。

外婆在世时，我最迷恋的便是冬天。外婆在的冬天，似乎整个村庄都是暖的。每天，当我们从梦中醒过来时，轻手轻脚的外公已经在火盆里生好了炭火，并为外婆煮上了罐罐茶。茶叶在小砂罐里翻滚的声音和木炭发出的噼啪声，交织成这个早晨最动听的音乐。我贪恋着这样的幸福不肯起床，趴在被窝里看外婆走来走去的样子，看她拿着鸡毛掸子收拾屋子，看她跟外公有一搭没一搭地斗嘴，看她小心翼翼嘬着刚煮好的浓茶，看她把大襟衣服的盘扣系错位置……

外婆常去挑水的泉叫满泉，几处泉眼一字排开，使泉水的清澈汇成了一条像样的小溪。拨开石头时，偶尔会见到惊慌四逃的小虾米和娃娃鱼。有一次我闹着要去挑水，好性子的外婆寻来两个空瓶，一根半粗的木棍，再用细绳一拴，我便成了挑水人。外婆挑着水桶在前面脚步细碎如飞时，我却拖了两玻璃瓶水随后踉跄。洒出来的泉水在我身后划拉出一条歪歪扭扭的线，好不狼狈。可外婆回头时，碧波荡漾的眼神里全是疼爱。

外婆离世的头几年，我一直不敢再去“看”她。巷子口、院落、菜园，无论哪里都有她的影子，无论哪里都无法抑制我汹涌心底的悲伤。可便是我泪流成河，她再也不会鼓励我品她那杯苦得令人皱眉的罐罐茶，再也不会于大雪的午后一边责怪我脚丫子冻得像冰疙瘩一边解开她的大襟衣裳替我捂热。而七月杏黄时节，更是再也看不到外婆坐在小木凳替我们剥杏仁儿的身影了。

曾经，我以为这样的温暖会恒久不变，却没料到有一天它会戛然而止。

外婆生活过的那个村庄，现如今时尚得不像样子：柏油路，自来水，小洋楼，小轿车，染了黄发、红发的女子……

外婆住过的房子扫过的院子都变了样，外婆挑过水的那个泉也没有了，外婆用过的架子车更是难觅踪影。那年在舅妈家吃饭，发现外婆用过的那个精致好看的玻璃醋壶也不见了。这才恍然大悟：外婆，把一座村庄都带走了。

外婆用过的那支水烟瓶有金属黄的外壳，材质上乘，并不见有岁月的剥落。性情洁净的她，每次用完后都会吹吹打打地收拾干净，不留一丁点儿烟灰烟屎。我每次都抢着给她点烟，是因为喜欢听那声音：呼噜噜，呼噜噜，湿润而流畅，不带半点杂质。而外婆慈祥的眉目表情，每每会在这忽明忽暗的火光中渐次清朗起来。

外婆走后，再也没听到有谁用那个水烟瓶时发出过那么好听的声音。

丫头鼠胆

我天生胆小。用村里坏孩子们的话说，就是生了一副鼠胆。因为胆小，就特别爱哭，凡是遇到自己不能解决的事，就先哭它一鼻子再说。奶奶那时候总说，这丫头长大没一点儿出息。是的，我没出息：很小的时候怕鸡、怕猪、怕老鼠，怕地上爬的所有昆虫，且是见了就哭。长大一点儿该上学了，又怕土里钻出来的蚯蚓，怕草里跳出来的青蛙，怕路边吃草的大黄牛。只要在路上碰见这些动物，我回家后必定大哭不止，怎么哄都无济于事。有次放学回家，老远看见一头牛挡在路边吃草，我便停住脚步开始哭，一直哭到挑水的邻居出现。起初，母亲还哄我，这样的次数多了她也失了耐心："就知道哭哭哭，死没出息的丫头！"

在农村，"丫头"这个词可不全是宠爱温暖，更多时候是带有贬义色彩的。为了变得有出息，我跟着弟弟妹妹捉虫子，跟着母亲去地里除草劳作，给青蛙和蚯蚓让路。我试图用各种办法一点一点去攻克自己的心理障碍。可是，家人的一次次否定打击还是让我一天天变得更加谨小慎微、循规蹈矩，以至于这种性格慢慢形成时，直接影响到了我后来的生活。

家里买来双卡录音机的时候，我已经读初中了。那时电子产品还是稀罕玩意儿，录音机全村也就两台。除了我们家，守磨的四表叔有一台。每次上学经过他的磨坊时，总能看见他披着一身白白的面粉和几个小伙子在门口空地上扭来扭去，像触电了似的。后来才知道，那是一种叫作迪斯科的舞蹈。

买录音机的同时，父亲还买了一大摞秦腔磁带，像《二进宫》《四郎探母》什么的。当然，父亲也让我们知道了歌手程琳，学会了《妈妈的吻》《童年》这些当年最红的歌曲。那段时间每天放学回家，我和妹妹的第一件事就是听歌。但只要父亲下班回来，录音机里的磁带一准儿会换成秦腔。一台咏梅牌录音机，让家里突然变得生机勃勃、快乐无限。

有一次，父母亲带着弟弟去看外婆，留下我和妹妹守家。这下好了，录音机可以全天候归我们指挥，那么一大摞磁带，够我们显摆一天的。我开始装腔作势地指挥妹妹做这做那，给她说四表叔们跳的迪斯科，教她跟着磁带唱《小螺号》，头上别一朵花儿唱《回娘家》，折腾来折腾去的，不亦乐乎。一曲终了，我跑回屋里换带子，却不知怎的就让录音机突然变成了哑巴。电，没停，插头没松，指示灯也红得十分正常，就是不出声音。我的第一反应是录音机坏了！怎么办？这下可闯大祸了，刚买来不久的机器，父亲回来肯定又是鸡毛掸子的干活。我越想越怕，“哇”一声就哭了起来，那些眼泪仿佛早就预备好了似的，稀里哗啦地流了一脸。听见我哭，妹妹像旋风一样冲了进来，但她不管我，直接冲到录音机跟前不问青红皂白拿手指一顿乱戳。气急败坏的我还未来得及提醒她保护现场，邓丽君甜得蜜糖一样的歌声就飘了出来。我瞬间雨过天晴破涕为笑：“哪里出了问题？你怎么弄的？”妹妹得意地斜了我一眼说：“不知道，反正就那几个键，我乱摁的。”又说，“赶紧把眼泪擦了吧，要不然别人还以为我这个胆大的欺负你胆小呢。”她的口气骄傲得就像她才是我的姐姐一样。

后来才知道，是我换带子时不小心按了暂停键。而习惯于循规蹈矩的我，只知道打开键、播放键，从不敢尝试其他几个键的作用。这件事再次验证了我的没出息，后来也成为妹妹攻击我的撒手锏。不管什么话题，每次和她辩到最高峰时，只要她一提暂停键，我立马会像戳破了的气球一样悄无声息。

事实证明，人的胆量跟年龄是没有关系的。因为长大成年以后，那些从小怕过的人和事，我仍然一直怕着。且似乎，有些害怕，已给我留下了一生挥之不去的烙印。

纯真年代

儿童节前夕，QQ 邮箱里收到一封贺卡。主题是庆祝六一儿童节，卡通画面简单温馨：你还记得童年里的纸飞机吗？

打开贺卡的瞬间，心里暖暖的——人至中年，不是所有的人都能心怀这样的美好，也不是所有的人都能在这样的节日里送出自己的祝福。这张电子贺卡穿越千山万水而来，有回忆，有祝福，也有对童年生活的缅怀。

我不只记得童年里的纸飞机。

那些年，我们的六一是跟白衬衫、蓝长裤、白球鞋紧密联系在一起的。这样的简洁统一不分男女生，且是节日里才会有的装扮。只有胸前那条鲜艳的红领巾，是这朴素中最大的亮点。六一跳舞，也不过多一条平时穿不到的花裙子、用印泥涂上红脸蛋、发辫再缀个蝴蝶结而已。

如果哪一次需要穿裙子，肯定是老师帮着借来的。这个舞跳完后，就得赶紧脱下来还给别人，人家还要穿着表演下一个节目呢。但是，即便是这样短暂的美好，一点儿都不妨碍我们充分享受节日的快乐。

应该是三年级或者四年级的六一节吧，我们去学区会演。舞蹈名字已经忘了，只记得当时参加表演的六个人都是白衬衫，花布裙子，每人手里拿两个袖珍小碟，左右中指各戴一个顶针，小碟和顶针撞击后发出清脆饱满的声音，用以作伴舞音乐。而所谓的舞台，就是一个临时搭建的小台子，以区分“演员”和观众的位置。那天的人真多啊，除了学生、老师、家长以外，还有很多来看热闹的，人流差不多堆满了整个操场。我打小就心理素质不好，一到公共场合就紧张，不由自主地心跳加快、浑身哆嗦。虽是盼望已久的节日，那天也不例外：舞跳至一半时，我手心里的汗水已湿到握不住那个小碟。“千万千万不能掉啊，不能在这个时候丢丑……”我咬紧了嘴唇在心里暗暗给自己鼓劲加油，握小碟的手还是紧张到快要痉挛。就在舞蹈结束前一分钟，左手那只小碟到底没听我使唤，“嗖”一下就滑落成了一只飞碟……我盼了很久的舞蹈，我念了很久的花裙子，我等了很久的节日……我勉强咬牙撑着，才没让自己哭出声来，坚持用一只手的音乐配合跳完了那支舞蹈。那一分钟真的好漫长，一直忍到台下响起热烈的掌声时，我才意识到我的狼狈终于可以结束了。跑下台后，我恨不得找个地缝把自己藏起来。事实并没有我想象的那么糟糕：我们的舞蹈因为有新意、有亮点，竟获了二等奖。更让人诧异的是，除了我的舞伴，居然没有人发现我滑落的小碟和当时的窘态！我小小节日的尊严，重新回归完整。离开时，我在学区门口的小摊上，赏了自己一个大冰棍。那味儿，到今天想起来还甜得腻人。

那时的六一，有太多的快乐和幸福：加入少先队员、评为三好学生、运动会拿到奖项、被抽到节日舞蹈队……

“我们是共产主义接班人，继承革命先辈的光荣传统。爱祖国、爱人民，鲜艳的红领巾飘扬在前胸……”每次只要一唱这首歌，我就觉得浑身的血液都要沸腾汹涌——只有戴了红领巾的人才有资格唱这首歌！骄傲、自豪感充满着整颗单纯透明的心。为了这份骄傲，曾经那么地用心：

路上捡到一分钱就交给老师，被同学欺负哭了也会忍着，争着抢着做值日洒水扫地……

那时的六一，会老早用心地去准备白衬衫和白球鞋。球鞋尤为用心，刷洗干净后，还要用白色的粉笔灰再仔细涂抹一遍，生怕看上去不够洁白而输了尊严。那样的装束，如今想来真是好文艺，只是当年并不懂得领情，总想着白衬衫、蓝长裤该统统换成小花裙才够好、够女生。当时不知，长大后的我们，再也回不到这样的场景。清纯文艺的白衬衫年代，真的被童年里荡起的双桨，给带去了遥远的远方。

老黄爷

老黄爷是哪一年来到村里的，我不知道。从我记事起，那个眼角总是吊着两坨眼屎、脸黑得像锅底一样的老头，就住在村子北面的那间小土屋里，一直到他离开人世。没有人知道他叫什么名字，村里人都称他为老黄爷。

学校在村子的最北端，大多数孩子上学时都要穿过整个村子，路过老黄爷居住的小土屋。不管男孩女孩，上学或放学的路上总要凑到那间低矮简陋的屋子里磨蹭一会儿。其实老黄爷一点都不好玩——作为老人，他不慈祥也无趣，长得不好看不说，脾气还十分暴躁，动不动就把淘气的小孩撵出他的屋子。

老黄爷的屋子是真的简陋，以致我后来学到“家徒四壁”这个成语时，第一时间就想到了老黄爷的“家”。但是，那又怎么能算是个“家”呢？不到十平方米的屋子分成了两间，外屋做饭里面睡觉，土墙土炕土锅台，地也是坑洼不平的土地，大概他十天半个月也不会打扫一次，地上总是堆积着厚厚的尘土，像没人住过一样。那时候炕上铺竹席的人家很多，条件好的会在席上铺层毡，毡上再铺一条花布床单。条件差的，一家老小就直接睡在竹席上，早上起来浑身烙满了竹席的花纹。老黄爷家炕上的竹席又是破洞又是污渍，看上去破旧不堪，不仅没毡没有花床单，第二天身上连个烙印都没有。每逢那些顽皮的男孩子卷起衣襟要跟他比烙印时，他枯瘦的身上就只有条条肋骨清晰可见。

老黄爷似乎只有一套衣服。那件土黄色的对门襟褂子已经完全看不清颜色了，仍天天穿着。冬天最冷时，也不过是在外面加了一件旧的军绿色棉袄。据村里的老人说，老黄爷原来是国民党的军官，曾经吃过香的喝过辣的不说，手底下还管着几百号人。至于他为什么会落魄到这个地步，没有人知道。

老黄爷的肚子里装满了总也讲不完的故事。他会讲《渡江侦察记》《三毛流浪记》，还会讲《闪闪的红星》。他讲的全是军旅题材的故事，这让我们更加相信他曾经真的是一个威风凛凛的军官。七十年代出生的孩子们都有或多或少的军人情节：看露天电影时主人公永远只有好人和坏蛋两种，好人自然是解放军叔叔，坏人就是日本鬼子或国民党。但那时电影队来的次数实在太少，两三个月才一回，我们对电影所有的迷恋和渴望只能在老黄爷的小屋里得以延续和补偿。尤其让我们着迷的是，他讲故事时声情并茂，经常会配上“咚咚”“砰砰”“轰隆隆”这样的象声词，为我们营造出身临其境的恍惚感。正因如此，哪怕他不友善不慈祥，那间狭窄而简陋的小屋依旧对我们充满了难以抗拒的诱惑。很多小孩着迷于听故事，每每不等到大人来拧耳朵，是记不起回家的。

老黄爷性格孤僻，不怎么喜欢孩子，也不爱跟大人们来往交流。肯为我们讲故事，似乎也只是为了消磨时光或证明他的存在而已。他每天最规律的活动就是去离村子最近的小树林里捡拾枯枝败叶，枝条用来烧火做饭，落叶用来烧炕取暖。但他每天只捡一趟，每次只捡够当天用的量，从不存留，就像那只得过且过的寒号鸟一样。如果碰到无法出门的雨天，他就只能睡冷炕吃剩饭了。大多数时间，老黄爷就蹲在阳洼旮旯里吧嗒吧嗒地抽着羊脚巴，路过的人大老远就能闻到一股呛人的烟草味儿。要是有人给他发香烟，他也不拒绝，接过来就别在耳朵后面，然后继续抽他的烟锅。若有人问他："老黄爷，今天吃啥饭了？"他把烟锅从嘴里抽出来回道："除了苞谷面拌汤外，还能是啥？"老黄爷是村里唯一没有土地没有亲人没有子女的人，也没有任何经济来源，就靠着政府救济和村里人的帮衬度日。但左邻右舍的帮衬也不过是一个青稞面锅巴或几颗土豆，物资匮乏的年代，谁家的日子也好不到哪里去。

我们每天放学回家时，总能看见老黄爷在锅台前烧水做饭烟熏火燎的样子。这时候，他隐在烟雾后面的脸越发显得黑了，而他原本就不清晰的五官全因流泪而挤在了一块，他隔着缭绕的烟雾一边眨巴着眼睛做饭，一边跟趴在门口的我们胡侃。有时他也懒得理我们，就专注于做饭，尽管他做饭又快又潦草。等他呼噜呼噜喝起拌汤时，我们方才觉察到自己的肚子也咕咕叫了，于是一哄而散各自回家吃饭。

村里有几个顽劣的孩子偶尔会恶搞一下老黄爷，比如在他门口撒尿，捅破他的窗户纸，或者朝他屋里扔石头。最过分的要数扒他的炕洞了。他家的炕洞正好朝着大路，一些坏孩子会趁他不备偷偷扒掉炕洞里燃烧的柴草，害得他睡冷炕半夜被冻醒。只要看见他一大早站在门口跳脚骂娘，路过的大人们就知道又是哪个孩子夜里使坏了，只好停下脚步劝上两句表示安慰。

生活潦草困顿，但每次讲故事，老黄爷都表现得很有仪式感：先将嘴里那支乌黑发亮的羊脚巴烟锅在炕沿上磕几下，然后清清嗓子眨眨眼说："话说那一年……"无论讲什么故事，他每次的开场白都是一样的，甚至连语气表情都是复制的。别看平日里他不稀罕孩子，讲故事时却有十足的耐心，无论谁打断他谁突然发问，他从不生气。老黄爷上炕从不脱鞋，不管脚上带泥带土，他上去就是盘腿一坐。反正席子又破又脏，我们也都纷纷学他的样子穿鞋爬上炕。在我们眼巴巴的崇拜中，他从胡汉三讲到杨白劳，又从杨白劳回到胡汉三。即使他将两个素不相识毫不相干的人拉到同一个故事当中，我们也依旧听得津津有味。如果是在冬天，那样的场景还会有几分温馨：昏黄的窗户纸外面，飘着纷纷扬扬的鹅毛大雪，一群孩子围坐在他身旁，听他一会儿天上一会儿地下地神侃，火炉里噼里啪啦的柴火声，衬得世界一片安详静逸。只是没人知道，眼前这位满目沧桑的老人心里，正杀声震天、一片狼藉。

老黄爷是什么时候离开的，我也不记得了。他离世后，那个被烟火熏得黑乎乎的小屋子就一直空着。有时候，里面是一只无处可去的流浪狗；有时候，是一只夜不归宿的大肥猫。而没了他的小村子，似乎什么都没有变，又似乎，有什么不一样了。

回不去的村庄

除了大轮廓，东山村还是变了。路、房子、结构、颜色甚至气息，都不一样了。环顾四周，已找不到二十多年前我所熟悉的样子和表情。

村口向阳处，一帮小孩儿扎堆儿玩牌。玩的不是抓王八，也不是争上游或赶毛驴。他们的手边，都放着或多或少零碎的纸币。这些孩子看上去都是生面孔，他们在我长大的这片土地上长大，却不玩我幼时玩过的游戏，身上也找不到我小时候的影子。

路过一个敞开的大门时，里面晃悠出来一条黑狗作势要扑我。我没理它，也一点都没害怕，因为这是我长大的地方。尽管我知道，和我相熟的那些狗狗都已经老去。

这就是我曾经相依为命的村庄。只要隔三岔五回来一次，总能感受到她的变化。但是，我从不记录我的伤感。

一些人离开了。

一些树，把曾经挺拔的脊梁虔诚地弯向了大地。

回忆，像一串无限循环的省略号，悄无声息地就改变了很多东西。

我指着那个葱郁的菜园给女儿复述我们的旧居：这儿是堂屋，那边是厨房，这一大块儿是院子……我试图用记忆拼凑出我小时候的生活环境，与她分享我童年的快乐。又给她描述我在那个厨房里踩着小板凳擀面的样子，说我们在雪地里给麻雀下套时的惊险，说我每次一挨骂就会哭得快要断气的糗事……絮絮叨叨词不达意。我东一榔头西一棒槌地打捞着留在这个院子、这个村里的回忆，像个怀旧的老人。

小时候的东山村，被大片大片的庄稼地包围着。每一块田埂边上，都能找得到我们想吃的美味和想要的东西。花草烂漫四野自不必说，还能捉到笨笨的七星瓢虫，能品尝到小草莓的甜和胖蘑菇的鲜。到了秋天，大自然赐予我们的会更多。除了用各色熟透的野果告慰肚里的馋虫之外，随便哪个墙脚旮旯里挖个地锅锅，便能享受到香喷喷的烤土豆。至于土豆呢，有时是自家地里挖的，有时图方便也会从邻居家地里刨。即使被人发现了，也不要紧，大人们顶多装模作样地呵斥两声，并不真的生气或计较。村庄里走出来的人，永远和地里长出来的庄稼一样宽容随和。而土坷垃里烤出来的土豆，虽糊满了泥巴灰尘，但那缕柴火和泥土彼此渗透的香味儿，时至今日依然是任何美味也无法企及或代替的。

农村出来的人都知道：从小到大，土豆始终是我们的另一位亲人。

从小叔家的门前看去，周围的庄稼地面积越来越小。大片的土地都盖上了房子，一座连着一座，红砖青瓦，样式时尚，屋顶飘着炊烟。再也看不到小时候的麦浪翻滚，闻不到曾经的油菜花香……

怅然若失。女儿的很多问题，我也无法给她一个合理的答案。我无法给一个小孩子说清楚越来越多的人逃离农村荒废土地怀揣着风一样轻的梦想在城市的各个角落里挥汗如雨却永远无法扎根发芽；无法说清那一座连一座的院落里空旷得除了狗吠声以外只剩下老人的背影和孩子的思念。是的，我无法说出一个村子的失落和颓废，就像我无法说出自己怀念过去却再也回不到过去的无奈和伤感一样。我只能拼命描述由曾经的小院变成的那座菜园，在我们离开这个村庄以后，是如何以绿的形式享受雨水阳光的恩赐，或以寂寥的样子裸露在白雪和月光中，平静地接受四季轮回……

每次回村里，母亲都会不厌其烦地叮嘱：“多带些糖果，见了村里的老人要主动问候一声，不要以为人家人老眼花认不出来，小时候可都是疼过你们的。”

母亲的话真的是一种暗示。当我真的碰到村里的老奶奶，触摸到她们枯瘦的双手时，幼年零星的记忆就会一点点地泛出来。曾经鸡飞狗跳生机勃勃的村庄，曾经烟雨迷蒙、朴素宁静的小院，曾经乡音浓郁的声声呼唤……她们真的老了，老得就要贴近脚下的土地。村庄变得一天比一天年轻，她们却在挥手告别往昔。张家胖阿婆老得更厉害，已经分不清我和妹妹谁是谁。多少年了，她的口头禅竟还没有变：“哦，我的娃们回来了？来了就好来了就好。”说着，拉起袖口抹掉眼窝里一滴浑浊的老泪。

告别后走了几步，又忍不住回头，见冬日温弱的阳光下，曾经粗壮的胖阿婆瘦成了一枚风干的树叶。再转身时，终于没能忍住泪水。

人在故乡，内心会变得异常柔软脆弱。渐渐悟出，这是因为故乡的柔软——那些熟悉的草木气息、乡音呼唤，甚至小溪和蓝天，都会让你卸掉内心所有的防备和堡垒，回到曾经的年少单纯。

暖　秋

水是南水，一年到头不结冰，始终就那么不急不躁地流着，儒雅得如同一位从不会发脾气的老人。流累了的时候，刚好被冶木河拥入怀中，一路缓慢向东。

当两岸的庄稼被镰刀们席卷一空时，视野忽然不再感觉到那么拥挤了，河水也变得清澈了许多。路两旁的垂柳依旧好看地垂着，娴静内敛，像邻家温顺的女子。天气晴好的时候，搬个小凳在河边晒晒太阳，闻着庄稼地里新鲜的泥土味儿，身心如同刚做完瑜伽操一般柔软放松。

散散步也是好的。小桥，流水，人家，秋日暖阳。还有小桥下面那些打盹或嬉戏的鸭子，远远看上去就像是水面上浮着的一朵朵白云。阳光怯怯地落在它们的羽毛上，不防又被弹了回去，跌到水面后又碎成一片，一闪一闪的，晃得人睁不开眼睛。

“莲花山的水帘洞，白石山上草干了。不说尕妹长得俊，还说阿哥眼馋了……”这样的午后，山上偶尔会传来嘶哑青涩的花儿声。不悠扬，却字字句句都能被风清晰地送入你的耳畔。不用问，定是情窦初开的后生又相中了哪家的女子，用洮州花儿探路呢。

土里土气的洮州花儿，滋养了无数洮州人。今天，依旧是年轻人情定终身的一种方式。

这河、这景、这村庄，就坐落在冶力关镇的白石山脚下。

事实上，这样的诗意，也只有冶力关这样玲珑秀气的地方才会有。

河叫池沟河。沿河逆流而上，路过池沟村再走一些山路，就能远远地看到石门槛了。当地人把“槛”读作“kang”。每当石门槛烟雾缭绕的时候，老人们就知道又要下雨了。果然，一片乌云刚刚漫过头顶，那雨后脚就跟着劈头盖脸泼了下来。常常会有不信老人言的年轻人被突至的大雨浇成落汤鸡，一副狼狈模样。

越过石门槛，就是碧波荡漾、声名远扬的冶海湖，当地人更喜欢叫“常爷池”。相传明代大将军常遇春率军路过时曾在此饮马，故得名。冶海湖水常年清澈甘洌，饮之通身清爽。而最奇之处在于每年的冬季，湖水结冰后，冰面上会呈现农具、生活用品等各种图案，形象逼真、惟妙惟肖，“冶海冰图”因此被列入洮州八景之一。每年冬日，总有游客慕名而来，赏冰图看雪景，感受冶力关的冬韵。

而冶力关的秋，更是风情独具。

立秋节气刚过，四周的一切忽然间就都慢了下来，视野里所有的线条都变得柔和起来，阳光也不再似盛夏那般锋芒毕露，收敛了许多。这个时候，山上就渐渐热闹了起来，就像是洇开了一摊五彩缤纷的颜料水似的，那些杨树桦树柳树及灌木丛，开始一点一点被浸染，一天一天被腐蚀。用不了多久，斑斓耀眼的色彩就会将你包围。其惊艳夺目的程度，就像是零落前最繁华的一场盛装演出。

千万不要小看了那些悬于树枝间饱满丰润的小红果——面蛋儿。它的名字虽土了些，可一到秋后，它可是难得的山间美味。摘一颗放进嘴里，你都舍不得用牙去咬，轻轻用舌头一压，一缕甜而不腻的芬芳便在唇齿间弥漫开来，久久不能散去。那年陪外地一朋友看秋景，摘了红红的面蛋儿给她尝，她随之惊呼："这是什么小东西？味道居然这么好！"我不免得意："难得一见的山珍哦……"

如果有零星的土豆还躺在地里，就可来一次土豆大餐了。随意找个地方掏个地锅锅儿，扯些枯枝败叶燃一堆火，待火燃尽时，将浑身裹满泥巴的土豆丢到"锅"里用土埋上，要不了半个时辰，你就能犒劳自己肚里那些馋虫了！想想，置身美景，耳听着那些秋虫合奏的天籁之音，嘴里咀嚼着难得的美味，还有什么能比这大自然的馈赠更让人幸福呢？

去街头逛逛吧。阳光暖暖的午后，镇中心的大桥两边会多出一长溜小摊，摆的都是自家园子里的果子，酸中带甜的长把梨，憨头憨脑的香脆果等。摊主多都是掉了门牙的老爷爷老奶奶。他们也不急，待果子三个一群五个一堆地在面前摊开后，就偎在桥栏跟前扯东拉西唠家常，有的干脆眯着眼睛出神，并不在意有没有顾客光临。似乎卖出去多少果子并不重要，重要的是享受这份秋日午后特有的宁静。

老人们不知，其实是他们安详无争的神态，才让那些终日奔忙的路人感受到了岁月的静好和活着的幸福。

黑虎快跑

和黑虎认识时，我十三岁，它只有一个月左右大，像只毛茸茸的刺猬。父亲抱它回家的时候，它怯怯地缩在父亲的怀里，眼神清澈又无辜地看着我们，十足的呆萌样。放它在地上时，它还有点摇晃不定，像刚刚学会站立的孩子。进家第一顿饭，父亲用白面馒头“款待”了它。

我们姐弟三人开始为给它起什么名字而绞尽脑汁。刚上一年级的弟弟歪着脑袋想了半天说：“就叫胖胖吧，我想它长胖点，跟我一样。”一年级的孩子，脑子里能有多少好词儿呢，除了他自己的名字。妹妹立即反对：“不行不行，你叫胖胖狗也叫胖胖，那我们喊的时候到底谁答应呢？”妹妹觉得叫二虎比较好，因为她属虎，是老二，她希望狗狗以后跟她亲一点。看来这俩小家伙都是存了私心的，我也得想点儿招了。于是，我们仨斗智斗勇半天后，各类稀奇古怪的名字起了一大堆，但最后都被父亲给否了，父亲决定叫它黑虎。

那天黑虎吃完一个馒头后，父亲又给它灌了两杯酒，白的。父亲说，狗狗能不能好好看家护院，就看它小时候有没有被灌过酒。只有喝了酒的狗，长大后才能成为一条明辨善恶的好狗。可怜的黑虎，还没来得及熟悉环境没来得及跟大家套近乎，就被灌晕了，两杯酒下肚后直接倒在地上呼呼大睡起来。父亲欣慰地左看右看：“嗯，是个好苗子！”

黑虎的到来，让我们全家的生活突然多了一些色彩和内容。每天放学回家后，我们姐弟三人不再争着抢着看同一本小人书，抢着抱黑虎、争着跟黑虎玩儿才是我们最大的正事儿。面对我们过火的热情，黑虎表现得不卑不亢、从容淡定。它从不搞“优亲厚友”这一套，反正待在谁的怀里都是一样的，反正都是没完没了的宠爱。那些日子，黑虎成了我们的中心，无论谁回家，进门第一句话肯定是问：“黑虎呢？”这个时候，黑虎总会应声而出，圆乎乎得像团毛线球一样滚到我们的脚边，又跳又蹭又撒娇，极尽狗狗之温柔。

那年头生活困难物资匮乏，白面馒头是很稀罕的，偶尔才能吃到一顿。但只要每次吃，我们姐弟三人总要悄悄地留一口给黑虎。以往，我们三人吃白面馒头或其他好吃的时，从不共同分享，历来都是各吃各的，谁想多咬一口或多占一点儿是绝对不可以的。但自从有了黑虎，我们竟难得和谐地达成了共识。要不是白面馒头太诱人，我们能偷偷贡献出全部也未可知。可以说，为了黑虎，我们什么都舍得。聪明的黑虎当然也懂得知恩图报，尽各种乖巧讨它小主人的欢心。小小的它无师自通地学会了逮麻雀和翻跟头。每次逮来的麻雀，被我们开膛破肚一番加工后，就变成了香气扑鼻的美味大餐。有好几次，烤麻雀的香味儿还招来了路过的大人们呢。有了对比，他们开始嫌弃自家的狗狗昏庸无能，除了吃就知道睡，不能像黑虎一样给他们贫穷单调的生活带来小惊喜。

半年时间过去后，黑虎已经出脱成了一个帅小伙，眼神犀利而温和，毛色黝黑发亮，跑起来如同闪电一样敏捷和迅速。果然，喝过酒的狗就是跟普通狗不一样。跟村里那些狗待在一起，黑虎鹤立鸡群的独特气质立马就显现了出来，犹如一位潇洒帅气的小青年混在了大叔堆里一样。

只要我们带黑虎穿过村子时，总会被人们围观。黑虎不知情，东瞅瞅西闻闻地表达着一只狗狗对这个世界的全部好奇。

黑虎半岁多时，父亲开始带它上山打猎。对于爱打猎的父亲来说，黑虎无疑是他最棒的伙伴与助手。以往，父亲打中了猎物却经常会因为找不到去向而空手归来。自从有了黑虎，父亲差不多每次都会是满载而归。帅小伙黑虎，让我家餐桌上的饭菜质量变得越来越好。当然，它也跟我们一样是受益者——我们吃肉，它啃骨头嘛。为了感谢它，我和妹妹、弟弟尽可能地从自己嘴里省出一口肉，偷偷把故意没吃干净的骨头留给它。

正如父亲期望的那样，成年后的黑虎完全成了一员虎将，不仅有看家护院的基本素质，更具备了辨善恶、分好坏的过人本领。父亲常年在外地工作，我们三个孩子又小，一些心术不正的人免不了生出歪主意，路过我家时总想顺手牵羊拿走点什么，摆明了就是欺负人。有一次，一个外地货郎挑着担子在村里叫卖，路过我家门口时讨水喝。偏巧那天只有我和妹妹看家，那个瘦猴一样难看的货郎见有机可乘，便要求进我们家院子里休息一会儿。我和妹妹胆小，自然不肯放陌生人进门，两个人非常紧张地手拉手堵在门口，不知如何是好。正在僵持时，出去溜达的黑虎回来了，几声狂吠中，旋风一样的黑虎已经踩翻货郎的担子扑了上来。突如其来的变故吓得那个坏人连滚带爬、连家伙什儿也顾不上拿就想跑。可他哪能跑过一只愤怒的狗狗呢？只听“嘶啦”一声，他的一条裤腿就被黑虎撕成了碎片。黑虎仁慈，看着那个狼狈逃窜的坏人竟没再去追，反而回过头来摇着尾巴不停地安慰我们。

因担心黑虎不慎伤到路人，后来父亲用一条铁链把它给拴了起来。从小自由惯了的黑虎受不了这样的待遇，每天不停地用狂吠表达着抗议。它暴怒到狂躁，用爪子刨地、用牙齿咬一切能咬到的东西：它的饭盆、旁边的柴禾甚至拴它的铁链，直到地上被刨出深坑、饭盆被咬到变形、拴它的木桩掉了一地碎屑，它才慢慢接受了失去自由的现实。

那一年的冬天特别冷，一场接一场的大雪落着，整个世界都是银装素裹。数九寒天里，黑虎突然失踪了。它挣脱了铁链，跑了。我们全家上下四处寻找，凡是它有可能去的地方都找遍了，但终不见其踪影。时间过去很久之后，有人称见过黑虎的身影，又含糊其词地说，黑虎肯定是被人吃掉了！“数九天的时候吃狗肉，大补。”那人临走时补充道。

黑虎的离开，让我们全家人难过了很久。以至于以后无论在哪碰到黑色的狗狗，我们都恍惚到以为是黑虎回来了。可是，世间哪会再有黑虎那么俊朗的狗狗呢：它的毛色如绸缎一样柔软发亮，它的眼神犀利而温和，它的眉心有两个好看的圆点，它的声音高亢洪亮……

有次夜里做梦，梦到黑虎被坏人追杀，我在后面着急大喊：黑虎快跑……醒来后，难过得想大哭一场。

第二辑　小人间

都说酒能消愁，烟也能吗？每次去店里，都见他的嘴里叼着一根香烟，缭绕的烟雾很配他的沉默寡言和紧锁的眉头。好在他的妻子热情外向，每次路过都要招呼一声。为了回报她的这份善意，我隔三岔五总要去买点水果什么的。临街的水果店不少，但他们夫妻俩为人厚道，很少有缺斤少两的行为出现，一两二两的也不计较，吸引了不少回头客。

哑　枝

落光了叶子的树，有一种惊心动魄的美。

那样的美，是属于哑枝才有的美——是那种挣扎过后，依旧徒劳地挣扎却发不出任何声音的哑，就像被风掠夺了一整个冬天后渐入绝境的哑。任怎样撕心裂肺的绝望，都发不出半点声音。

我真的见过这样的哑枝，在冬日里打出苍凉的手势。

小时候的冬天，经常跟着母亲去林子里拾柴。所谓的柴，不过是只能用背篓背回来的一些细枝末节罢了。真正的柴，是指长在老林里那些茁壮的白杨或桦树。但那是只有男人们才能干得了的重体力活。母亲带我们背回来的，通常只是干透的李子刺，易燃，且火力持久。

秋末冬初的几场寒霜一落，那些曾经繁华喧闹过的李子树开始走向另一种回归。叶子很快一片一片地落光，只留下长满了利刺的枝条与季节对抗。它们伸长了胳膊肘儿，一丛丛挤在懒散的树林中，低调黯然的样子。即使有风吹过，似乎也懒得动一下枯瘦的身子。

我们坐在松软干枯的落叶上，远远地看着母亲挥臂劳作。寂静的林子里，李子树清脆的断裂声不时响起，似乎要把身边的空气点燃。

父亲在外地工作，家里所有的家务活只能依靠母亲。她无法像村里的男人们一样上山砍大柴，只能在附近的树林里捡拾一些小树小枝儿，用来维持这烟火生活。

初冬的冷，有时也是凛冽的。母亲偶尔会给我们燃上一堆火来取暖，她自己在一旁砍枝折条地忙碌着。空旷的寂静中，有李子树发出的痛苦的呻吟。

“李子树会疼吗？”弟弟冷不丁冒出这样一句。

是啊，李子树会疼吗？或许从来没有人考虑过这个问题。年幼的我们，只记得用李子花的芬芳装扮屋子，用熟透的李子满足肚里的馋虫，再用枯了的李子树生火取暖、做饭。却从没考虑它的感受。发芽、开花、结果，一个轮回结束后，它一世的使命就算完成了。进入冬季，它们全都成了丧失语言功能的哑枝，只能听任命运的摆布。即便是疼，也只能忍着。

“树又不是人，它怎么能知道疼呢！”母亲的回答中规中矩。

弟弟问完，一拍屁股就去玩了。或许，他根本就不需要答案。但他这样一问，却让我想到了身边那些可怜的树木。比如一到冬日就显得凌乱潦倒的杨树。

枯了的草，还能和那些不曾冬眠的虫虫聊天解闷，或者挠个痒痒，一个冬天很快就过去了。

树却不能。所有的掠夺、疼痛、孤独、寂寞，都得忍着。

忽然觉得，那些落光了叶子的树木根本就是被大自然遗弃的孩子——被饥饿、寒冷、困倦折磨，被风抽打得遍体鳞伤的孩子！无论有多么深刻凛冽的疼，都无法说出来。

那样的哑，会让人绝望到窒息。

长大后慢慢悟出，在生活巨大的漏洞面前，人又何尝不是一枝哑枝？

我们不能否认道貌岸然的生活就一定是真相。真相永远藏在最隐蔽的角落里嘲笑我们的自以为是。倘若有幸发现了这样的嘲笑，也只能三缄其口哑然无语。更何况，素日里总会有那么多的委屈和误解是没办法用语言表达出来的。

曾经看过一篇题为《战争》的小说。主人公离异，孩子判给她。正值青春期的女儿叛逆张扬得不可思议，抽烟、喝酒、逃课，在姑姑们的鼓动下化浓妆、着奇装艳服，总之，就要跟自己的母亲对着干。苦口婆心的劝说，声泪俱下的开导，甚至低声下气的乞求……母亲在女儿眼里的尊严一点点坍塌。到后来，两个人各自成了一枚锋利的针，稍有不慎，就会毫不留情地将针尖刺向对方最柔软的地方。主人公绝望地说，她不是在教育和抚养女儿，而是在进行着一场艰苦卓绝的斗争。她孤身一人，却时时要防备离异的丈夫、冷酷的女儿和阴暗的小姑们放出的冷箭。很多时候，她把自己关在屋里大口大口地喘气，说不出一句话流不出一滴眼泪。有时她想出次轨，竟然也找不到一个男人！她就那么眼睁睁地看着自己被世界遗弃，却只能张大了嘴，连呼救声也发不出来。

也许，她就是我小时候见过的那些哑枝里最绝望的一枝。

有时候，生活就是一口深不见底的井，捂得内心暗无天日。而这时，我们竟连表达或者辩解的能力都没有一丝一毫。

犹记故人入梦来

很小的时候，我的理想是做一名幼儿园老师。冒出这个念头的时候，我也就是个一二年级的学生，只是从课本上知道幼儿园老师是哄小孩玩的。心想，将来我一定要当最好、最乖的幼儿园老师，不生气、不发火、不骂人，脾气好得要像七仙女一样。

临到小学毕业时我的理想又发生了变化：我想当一名秦腔演员，在台上莲步轻移、水袖轻舞，听台下掌声雷动口哨四起……天知道我小小年纪为什么如此善变，于不知不觉中就转移了方向更换了目标。

那时候县上有个秦剧团，团里的演员们个个牛得跟什么似的，跟人说话眼珠子都不带挪位置的。逢年过节时，他们就成了香饽饽，被争着抢着请到乡下去演出。请注意，不是义演哦，是被“请”下去管吃管住的那种演出，说不定还要付出场费的。每逢节日临近，总听大人们相互打听：“这次请县剧团的了吗？”“听说剧团的已被其他人给请走了，唉，乡上为什么不早早行动呢？让别人抢了先……”可见，人们对这些牛人还是很期待的。

乡政府旁边有一个戏台，是修得很有档次的那种，将出相入、幕布几层、灯光角度一点都不含糊。印象中，只要到了正月十五端午节或六月六这样的节日，原本留猫儿过夜叫花子取暖的戏台，就会被重新打扫清理一番，贴上应景的红对联，挂上醒目的红灯笼。海报才刚刚贴到了戏台的一侧，台上的锣鼓二胡家伙什儿们就已经响了起来，台下也早已挤满了黑压压的人群。那些勤快的、爱看戏的人，会提前一小时到场抢占有利位置。也就是这样的一场戏，把“城里人”的优势很明显地给暴露出来了——他们即使等到戏台上有了动静再慢悠悠地出门去，也能赶在气喘吁吁的“乡下人”到来前寻到好位置。戏场里，凡是那些躺在椅子上气定神闲跷着二郎腿嗑着瓜子的人，大都是镇上的居民；而那些踮着脚尖挎着帆布包的人，多半是从各个村子赶过来的。但这一点也不妨碍大家对秦腔的共同关注和喜爱。一些个子小即使踮起脚尖也看不到戏台的人，索性找个角落蹲下来，一边吧嗒着烟，一边听戏。兴浓处，还会跟着哼上两段，一副物我两忘的模样。

该说我自己了。我是怎么喜欢上秦腔的呢？原因大概有三点：一是父亲常在酒后哼几段，从小给我灌了耳音，有了亲切感；二是我天性多愁善感，读书看戏都爱把自己放进去，对角色的喜怒哀乐有着清晰刻骨的感受；三是秦腔演员们的扮相十分好看，非常符合一个黄毛丫头尚未成形的审美。我对秦腔的喜爱到什么程度了呢？就是逢唱必看、看必认真而专注地看完，哪怕为此逃课挨老师批评。老实说，在当时的戏场里，像我那个年龄认真看戏的几乎没有，孩子们盼着过节唱戏，也不过就是喜欢那个热闹的场面和氛围，在戏场里窜来窜去啃两个冰棍或买一个气球才是他们的兴趣所在。我应该算是个异类，不玩不闹，每次都抢在戏开场前凭着娇小身形挤进铜墙铁壁般的人群中间，找到自己满意的最佳位置。那时候剧团会唱的戏似乎也不多，每次来不外乎就那几场，什么《周仁回府》啊，《三滴血》啊，《窦娥冤》什么的。且整本演出的很少，大多时候只是折子戏，一段一段的挺好记。以至于有很长一段时间里，我一个人在家时最爱干的事就是唱戏，腰上系着妈妈的围裙当戏衣，胳膊上搭两条枕巾做水袖，“未开言来珠泪落，叫声相公小哥哥……”一个人就在空荡荡的院落里唱开了。《虎口缘》里孤苦无依的小莲香，《花亭相会》里一肚子苦水的张梅英等，都是我所喜爱并被反复吟唱的。而我最钟情的，当数《周仁回府》里侠肝义胆、俊朗帅气的周仁了。只要周仁一出场，我会自动开启入定模式，专注到眼睛都不敢眨一下，生怕错过他的一个表情一个动作。每次只要演到周仁献嫂那段，我肯定会为他哭，哭他的无奈与委屈、哭他的大义与无私。我因此固执地认为，只要我长大了去唱秦腔，就一定能见到我喜欢的周仁。爱屋及乌，我因秦腔而爱上剧中的演员，连带着将戏台两侧扯二胡敲锣鼓的那队人马也一并给崇拜了。如今想想真是傻，傻到冒烟，但当时真的是为秦腔倾注了一个小姑娘全部的心思。

那时候，戏台的幕后对我来说真的是一个神秘莫测的世界：原本一个普通的人，进了后台以后就会变成俊朗的周仁、哀怨的秦香莲、悲苦的张梅英、决绝的窦娥……那是一个怎样的世界啊，能为他们穿上最惊艳的衣服、描出最好看的眉眼，能把他们变成温文尔雅的古人！我很想踏进那个小后门去看看，很多次想去，但终没敢造次。我因此无比羡慕那些可以随意进出后门的大人，觉得他们就是探寻过这个世界上所有秘密的威武之人。

所有的经历都会变成历史，包括我们曾经无比敬畏的理想。

当我一天天长大，当秦剧团被解散，当新的娱乐方式替代了唱戏，当戏台前长满荒草结满蜘蛛网时，秦腔开始渐渐淡出了人们的视线。年节假日仍在，唱戏的人却如凋零的植物一样，去了不知名的远方。

时隔经年，那些当年打动过我的角色，偶尔还会闯入我的梦里，轻轻替我推开一扇沾满月色的窗。就像当年，他们替我打开过一个全新的世界一样。

忧伤的蝴蝶

原本，一个少不更事的小屁孩是不懂得什么叫忧伤的。可自从看了电影《梁山伯与祝英台》后，心里竟然有了敬畏和伤感，甚至有很长一段时间都陷在那种莫名的情绪中不能解脱。当时并不知道心里面的畏惧和胆怯就是对自然界和小生命的敬畏，就只是不敢像原来那么随心所欲地将蝴蝶捉来关在玻璃瓶里玩了。我固执地认为，凡是翩翩于草丛中的蝴蝶，无论孤单一只还是比翼双飞，毫无疑问都是梁山伯与祝英台变出来的。电影结束后，我怅然若失地想：为什么变成蝴蝶的不是那个坏蛋马文才呢？那样的话，我见一个捉一个，然后全给关起来！几个小伙伴受我的感染，一个个都在为影片中电闪雷鸣时消失的两只蝴蝶难过。农村的孩子就这样，遇到问题得自己消化，大人们都在庄稼地里忙活，不会有人给你引导或解释什么。在他们的眼里，地里庄稼的长势和收成永远要比一部电影更重要。好在，孩子们的难过是很短暂的，不过一小会儿，他们就和影片中的蝴蝶相忘于江湖而陷入新的快乐当中了。

乡村的田野历来是虫虫们的天堂，它们深谙生存之道，所以虽习性各异却能和睦相处，左邻右舍关系紧密却又看不出半点瓜葛，在“虫际关系”的处理上，可谓个个是高手。具有高等思维和智商的人类历来有着“狭路相逢勇者胜”的好强，虫虫们却不，即使碰面于同一片局促的空间，它们也能宽容地礼让对方。倘若不是胆小，我一定会用大把大把的时光去观察虫虫们的生活，去弄懂它们小巧精致的脑袋瓜子里到底在想些什么，它们单调重复的叫声到底在说些什么。蝴蝶，应该是这个世界里最安静的存在。它们没有语言，没有声音，无论是飞翔还是停止，始终保持着最初的宁静。即使被人类伤害，也不会喊出一丝半点的抱怨。在乡村僻壤，蝴蝶是最受大姑娘小媳妇欢迎也最符合她们审美意识的昆虫，因为我经常看到蝴蝶的身影出现在她们的针线活中：鞋垫、手帕或肚兜儿。她们从货郎手里换取五彩斑斓的丝线，再用精巧的手艺绣出一只只栩栩如生的蝴蝶，以此表达或寄托自己对美的追求。我很小的时候，就经常看到母亲在纹理粗糙的白棉布上画出蝴蝶展翅飞翔的样子，然后精心配色，再熬夜一针一线地绣出来。其灵动逼真的程度真令我诧异，不知道才念过二年级的母亲画起蝴蝶来怎会如此得心应手。在一个孩子的眼中，蝴蝶必须得有花朵陪衬，不然飞累了去哪里歇脚呀？于是我有次偷偷给母亲的画作上添了几朵形状怪异的花朵。我连梦中都等着受表扬，没想后来却招来母亲一顿胖揍，因为那块白棉布被我涂得根本没法用了。那应该是我在遇到《梁山伯与祝英台》之前第一次为蝴蝶掉泪，记得当时我跑去门外，一个人上气不接下气地哭了老半天。

后来，因《梁山伯与祝英台》，蝴蝶在我心目中成了最具忧伤气质的昆虫。那时候并不明白爱情是怎么一回事，就是单纯被“化蝶”那一幕给弄蒙了，完全接受不了一个人瞬间变成蝴蝶的现实。片子是越剧，很多字还不认识，很多唱词也听不懂，只能凭画面去理解和揣测。年龄稍大一些时，又看了黄梅戏版的《梁山伯与祝英台》，好听易懂，却感觉不及第一部完美，大概是有着先入为主的原因。多少年过去，梁祝“化蝶”

带给我的莫名忧伤，似乎并没有随着年岁的增长而减少。每次看到花丛中翩然来去的蝴蝶时，我仍然无法像当初那样兴奋雀跃。虽然不知道哪一只是木讷忠厚的梁山伯、哪一只是性格刚烈的祝英台，但我依然确定一定是他们变出来的。所以每每遇到蝴蝶，我总是情不自禁地安静下来，看着它们小憩、交谈，或者飞来飞去。它们漂亮的翅膀在阳光下一闪一闪，很有“化蝶”那一刻的惊艳。

2004 年年初吧，大街上开始流行庞龙的《两只蝴蝶》，早早晚晚高分贝地播放着。我不知道歌里的两只蝴蝶是不是梁祝，但心里面由来已久的忧伤又开始风起云涌，大有蔓延之势。

那段诗意往事

我永远记得《诗神》里打动过我的那首诗：

我的心脏先天不足
未出生时就爱上了你
生命什么时候丢弃就什么时候丢弃
从来没有像现在这样多余
想念你时，你的名字
是两颗大大的泪滴
……

当然，这只是其中的几句。打动我的，也恰恰就是这几句。时隔多年，我已记不起标题，记不得作者，但却一直记得这首诗当时带给我的心灵冲击。青春年代，很多事情都可以推倒重来，很多路途可以随时调转方向，包括对文学的狂热，因为我们有着大把大把无比美好的时光。

于是，我渐渐冷落了散文，丢开三毛和她的撒哈拉沙漠，不可抑制地爱上了诗歌。枕边的书，也换成了开本不一的诗歌集。

很欣慰，二十世纪九十年代还是个神圣的年代，文学和艺术都是无比崇高和美好的事物，还未被物质化和功利化。如果一个人在那个时候被冠以作家、诗人或歌星的大名，他身上熠熠生辉的光环必定会招来一大批狂热的粉丝追随。人们对文学的态度始终是仰视的、虔诚的，写作也不似今日一样功利，写诗、读诗都是很纯粹的事情。如此充满了文艺气息的环境，对一个爱好文学的人是极具诱惑力，也充满了丰富营养的。为了表示对诗歌的无限热爱，我开始像个败家子儿一样，每月都会跑几趟书店，心甘情愿地将为数不多的工资都贡献给书店和邮局。那时候只有一家新华书店。我每次去，店员有好消息总会主动告诉我：海子或顾城或舒婷的诗集又到了……每买一本书，我都会在扉页上认真写上一句话，再写上自己的名字和日期。拿回去后，还要用牛皮纸包一个书皮，郑重得像对待上学时的课本那样。所以，现在我的书架上有一部分书是统一着装的，它们都带有九十年代特有的痕迹。那些痕迹虽然经历了光阴的磨损，却依然泛出醇厚温柔的光泽，以时刻提醒我记住那些与诗为伴的美好岁月。

一头扎进诗歌的海洋以后，我和同事们之间的交流渐渐少了。空闲时间，当别人在费翔《冬天里的一把火》中燃烧得不能自已时，我躲在另一个安静的角落里读顾城、读北岛、读舒婷；当别人追着齐秦身后不停地表白“月亮代表我的心”时，我在宿舍里不停地写啊写，期望能在最短的时间内写出自己最满意的诗歌来。时间一长，大家都知道了我的秘密，于是戏称我为湿（诗）人。湿人就湿人吧，总比俗人要好，我还是坚持我行我素。

第一首诗在《格桑花》杂志变成铅字的时候，我已经二十三岁了。虽然只是一份内部赠阅的地级刊物，但对于本土作者来说，能在《格桑花》亮一次相已是莫大的荣幸了。收到杂志后，我一遍遍狂吻自己的那一首小诗，不知道要以怎样的方式来为自己庆贺才好。但我知道，从此以后我可以真正拥有清高和骄傲的资本了！写诗的狂热从此更是一发不可收拾：晨醒时要写两句，临睡前也要写上一段；落几滴秋雨要写，开几朵夏花也要写，似乎灵感无处不在，诗意无处不在。现在读，那时候写的诗句稚嫩又寡淡，且因受了朦胧派诗歌的影响，很多诗写得完全不知所云，但却是当时最认真、最用心的作品。每首诗都是经过字斟句酌、精挑细选后产生的，唯恐匹配不了当时纯粹的诗心。

顾城的诗在当年可称得上是朦胧派的经典。开始读他的诗时我常常觉得云里雾里，因为根本读不懂。后来专门请教过一位当地小有名气的诗人，他肯定而严肃地说："这才是朦胧诗的魅力所在啊，要是大家都懂了，那就叫白话文而不能叫朦胧诗了……"他的这个答案基本属于废话，让人更加惆怅和郁闷，但却无意中助长了我的虚荣心，觉得不懂也要装懂，既然是朦胧诗，读个模棱两可就行。不然，一个写诗的"湿人"读不懂诗，会让别人笑话死的。好在那个时代，多种流派的诗歌并生，诗坛呈现出百花齐放的热闹景象，加之后来口语化诗歌逐渐引起人们的关注，我的"四不像"诗歌终于慢慢有了属于自己的模样和雏形，开始被杂志和报刊收留。

岁月仓促。当年打动过我的《诗神》杂志早已不见其芳踪，一说已更名为《诗刊》，另一说是停办。人至中年，已很少读诗，写诗，也只是偶尔兴起为之。但是，我真的怀念当年那些激情四射也幼稚苍白的诗歌，怀念那个以写诗读诗为荣的年代。

小乞丐

中午下班回家的途中，遇袭。

“袭击”我的，是一个女孩，五六岁，蓬头垢面的样子。

她穿过人群，用不够长的胳膊努力地抱住了我的双腿，不看我，低着头反复地说：阿姨给点钱，阿姨给点钱。惊魂未定的我方才明白是遇上拦路讨要的小乞丐了。

我得承认，因毫无防备，三分钟过去我的小腿依然在哆嗦。而我内心的愤怒和无奈，也在一点一点增加——我看到小女孩以最快的速度把我放在她手里的钱交给不远处一位席地而坐的年轻妇女，然后又跑到路中央，继续寻找下一个目标。从小女孩淡漠的表情上，你根本无法判断出她的行为会带给她什么样的内心感受。或者，她还没有学会思考；又或者，她根本来不及思考。

彻骨的凉意瞬间席卷了我原本不错的心情。

我每天上班时路过的街头，有一排临时搭起的简易房，里面住满了来高原讨生活的各种面孔。每天，他们操着南腔北调的方言，高声大嗓地吆喝，起早贪黑地忙碌，看上去快乐而充实，没有一丝抱怨，似乎生活原本就该是这个样子。说真的，我常常被他们感动，并对他们乐观的生活态度心生敬意。路过他们的小店时，我会刻意放慢脚步，去感受他们很生活很烟火的那种氛围，我喜欢被他们那种不急不躁的态度感染。他们的孩子，总是端了个小凳在逼仄的门口写作业，旁边堆满杂物，尘土飞扬，却让人感觉一切都充满了希望。

记不起在哪里看到过一句对“生活”的诠释：所谓生活，就是生下来，活下去。当时觉得此话很值得玩味，于是记在心里。我们活着，活的方式尽管因人而异，生存却永远被排在第一位。那些背井离乡四处谋生的人，不管多苦多累多难，似乎总是孜孜不倦，从来不曾放弃对生活的热情和希望。

身边那些凡是凭着双手去努力活着的人，都值得我们尊敬。可是把孩子当作牟利工具的那些大人呢？老实说，每每看到，我总有过去踢两脚的冲动。我从心底厌恶那些大人，就像厌恶一只苍蝇。那么年轻，不缺胳膊不少腿儿的，却一天天把自己的人生过成一片发馊的枯叶。自己好逸恶劳也便罢了，还要搭上孩子的一生。是的，我坚信那些大人毁掉的不只是孩子的童年，而是一生。孩子何辜？幼小的心灵还没长成，却已变得残缺；人生的希望还没搭起就已经坍塌……以后，伴随岁月长大的或许只是他们的躯体，当他们把生命的尊严踩在脚下，把双手伸向路人时，他们的内心也许早已空如朽木，行若僵尸。即使侥幸长成，无论走多远，曾经的那些污点会永远成为藏在孩子心底的阴影，挥之不去。

我老想，倘若太阳能够均匀地铺洒在大地上，照亮任何一个角落，让每一棵树苗、每一朵小花、每一只鸟儿都能公平地享受到在阳光下成长的机会，该有多好！那些在街头乞讨的身影娇小得让人心疼，眼神空洞得令人茫然。他们的枝枝蔓蔓尚未成形，怎能挑得起生活沉重的担子？

不知道躲在幕后的那些大人，会拿孩子讨来的钱去填补什么样的漏洞？也无从知道，那些街头乞讨的孩子会在哪一阵风中走失……

蚂蚁的智慧

夏夜的乡村是诗意的。这样的诗意源自虫虫们的肆意鸣唱或凌空舞蹈，它们用自己独有的语言写诗、谱曲，和气息不同的人类亲近。有了虫虫们的各种讨扰，劳作一天的人们在老树下乘凉时才不至嫌弃和厌倦这一日日寡淡重复的生活。人们逐渐学会了弯下腰身，以感恩的姿态善待一只虫子，比如蚂蚁。

蚂蚁的繁殖能力真的很惊人，每次见到，它们都像是倾巢出动，浩浩荡荡的队伍黑成一大片。关于蚂蚁，我最早知道的是它们会频繁搬家。而它们搬家是因为天气突变、大雨将至。这些小家伙的智慧，真的会帮到人类很多忙。因为在庄稼地里忙活的人们通常会借助蚂蚁的活动走向来准确地避开一场突如其来的大雨。我很好奇，它们是怎么感应到的呢？头上也没装什么感应器啊？关于蚂蚁，村里的小孩儿最感兴趣的就是往它们的洞穴里灌水，然后看着它们一只只仓皇失措四处逃窜。这份带有恶作剧后的快感，会陪伴他们度过整个漫长的夏天。

北方更偏北的这个偏僻小村，没有儿歌里唱的那种童年：“池塘边的榕树上，知了在声声叫着夏天……”村里没有榕树，只有很多杨柳和白杨。也没有知了，我到现在仍没见过知了长什么样子。池塘倒是有，初春的时候里面装满了游来游去的小蝌蚪。它们看上去总是一副忙乱的样子，不知道是在找妈妈还是在觅吃的。到初夏时，小蝌蚪们褪了尾巴，全长成了青蛙，一天到晚扯着嗓子乱叫，还要搅浑一池春水。长得丑也就算了，还那么张扬，真是烦人！相比之下，蚂蚁就显得可爱了许多，聪明乖巧，还低调，从不惹人心烦。它们成天心无旁骛地穿梭于自己的世界当中，看不出悲喜，亦不会和其他虫类有什么交集。上学以前，看蚂蚁搬家是我比较感兴趣的一件事，因为我有足够的时间和耐心。爷爷用来读书的黄昏，就是我和蚂蚁们交流的最好时机，因为这两件事都需要绝对的安静。

蚂蚁搬家，其实说成迁徙更为准确，因为它们只是换了住处而已，并没有真的搬走它们的锅碗瓢盆，或者带走自己的床铺和镜子。我所观察过的蚂蚁搬家，不过是一只体形稍显健壮的蚂蚁像首领一样走在队伍前面，井然有序地从一个洞穴走向另一个洞穴。不管其间的距离有多远，它们始终保持着整齐的队形，从没见过有一只蚂蚁掉队。面对如此不可思议的昆虫世界，一个孩子被吸引并深陷其中就好解释多了。我很庆幸自己出生在乡间，庆幸我懵懂的学前生活中能够认识这些昆虫并和它们为伴。它们给予我的，永远是我童年里最具田野气息的那一部分。

前阵子在朋友家里见到一大罐蚂蚁泡的药酒，据说可治风湿性关节炎、肺结核等多种慢性疾病。琉璃罐里的蚂蚁是红色接近透明的，估计是因为浸泡太久，蚂蚁的身体都显得臃肿发胖。它们横七竖八地躺在发黄的液体里，一动不动，像是醉过去了一样。红色的蚂蚁我真的是第一次见，以为是人为染了色，朋友却说网上专供，且因疗效显著而大受人们追捧。那一刻我突然觉得很无助，也为无所不能的人类文明感到悲哀。

我不知道，当我们都失去记忆中的童年时，谁还会把一只蚂蚁当作自己的朋友。也不知道，强势的人类还会有谁记得“千里之堤，毁于蚁穴”这句话。

石头会给小草让路

真的没料到那条铺满砂石的小路上也会长出青葱一样的小草来。

清明前夜，草原上落了一场雪。不厚，刚刚染白远处的山头。只是阳光才一露面，近处的山坡和田野里就已融化成斑驳的写意，雪水混着泥土的味道直往人的鼻腔里扑，清新得要命。若能闻见青草味儿，该有多好！我贪婪地吸着鼻子。才动了这个念头，就见脚下的石头缝里冒出一丛丛的小草。蹲下身子往前瞅时，竟发现绿意已铺满眼前的小路。且那绿意刚被春雪漂洗过，新鲜而蓬勃的样子让人欣喜不已。这一发现让我原本大大咧咧的脚步变得谨慎和小心起来——我怕因踩到石头而碰掉那一丛丛让人心跳的绿色。

对于阳光稀薄高寒缺氧的草原，这样洁净新鲜的绿，该是何等的弥足珍贵!

拐来拐去像瘸子一样在石头路上行走，心里却充盈着饱满得快要溢出来的喜悦。

再也不用自作聪明地搬掉这些冰冷的石头为小草助长了!

是八九岁时的事情吧，也是这样雨雪交融、春暖花开的季节，我和妹妹一放学便跑去田埂边捡石头，为的是解救那些被石头压歪了身子的小草。孩子的心是简单透明的，并不是有多少善良的成分，就只知道让那些小草长大了，我们才有野花可摘，才有草莓可以吃，才能有绿草如茵的田野供我们嬉闹玩耍释放快乐——束缚了整整一个冬季的童心啊。于是我们盼着“七九河开八九雁来”，一遍又一遍地追问母亲什么时候才能“九九加一九耕牛遍地走”。终于等到小草发芽，却发现庄稼地里的石头都被清理到了田埂上，那些刚刚冒出地面的小草被挤压得东倒西歪又瘦弱不堪！于是我和妹妹放学后的头等大事不再是写作业，也不再贪玩跳绳、踢毽子。像哨兵巡逻一般，我们奔忙于一条条被春天染绿的田埂乐此不疲地捡石头、挪石头、搬石头，然后将一棵棵被石头压倒挤歪的小草扶起来，给它们道歉并叮嘱它们快快长大。当时心里汹涌的成就感快要淹没了整个人。小辫儿散了，顾不上扎；裤腿、鞋子上沾满了泥巴也不知道清理一下；手被石头蹭破了皮，但我们竟都没有哭鼻子。妹妹像是我的小跟屁虫，每次完事后都用极其崇拜的眼神瞅着我笑。但后来的事却让我们笑不出来了，因为被我们解救过的小草竟有大部分枯萎而死。那样的结果实在是让我们傻了眼，我和妹妹跌坐在绿意渐浓的田埂上，委屈得直想哭。后来，妹妹反目，不再相信和崇拜我，并向母亲如实汇报了我们的行动及结果。我以为母亲会发脾气，会恼我。但没有，她当时只说了一句：正做（zu）的不做，茶里面调醋。后来又说，你不要看石头硬邦邦的，它会自动给小草让路。你没看见石头缝里的草一样长得很旺盛吗？啥有啥的规矩呢，你搬走石头，小草没了依靠，不死才怪！

“石头会给小草让路……”只有小学二年级文化、整日劳作于庄稼地里的母亲，竟说出了这样诗意天然的话来！在母亲的心里，石头一定是柔软而听话的孩子。

自那以后，每看到被石头压着的小草，我也会满心喜悦地绕开。因为，那些听话的孩子一定会给小草让路。

藏巴哇

那个名叫藏巴哇的小镇，并不是我想象中的样子。只地形吻合——完全就是一片藏于山沟深处的洼地。虽是乡政府所在地，却小得精致，整条街道用不了五分钟即可走完。单位也少，我只见到学校、卫生院、乡政府、银行。沿街有几家小旅馆，全以“源”字命名：新源、桃源……很好奇，为什么没有人起一个叫桃花源的。

抵达藏巴哇时正值中午，在街边的小饭馆用过午饭，赶紧找到一家小旅馆。幸有电视台早到的同事提前预订，才不至让我们流落街头——“7·22”地震，让平日冷清的藏巴哇因灾后抢险变得人满为患，即使再简陋的小旅馆，也住满了人。

运气不错。男同事们只有三人间。而我的房间，除了有大花子的床单和碎花子的被套外，竟还有两只大大的绒毛狗熊。房间也收拾得很利落。后来才知，原是房东女儿的闺房。

待要去受灾村采访时，雨来了。房东女人说：雾缠在半山上，看架势又得下好几天。又说，今年雨水格外多，下得人心里乱麻麻的，庄稼都烂到地里了。眉眼里有着庄稼汉的愁绪。可看她的打扮，又似乎更像是一个旅馆的老板娘——浅绿色短袖，颈间一串珍珠项链，挽着发髻，爱笑，贤良而开朗的样子。

我喜欢这样神情淡定、贤良从容的女人。她没有因为生意的突然火爆而仓皇忘形，也没有对平日的清冷抱怨。我在旅馆的平台上看雨时，见到了她屋后的菜园子，里头种着白菜、番瓜、豆角、向日葵。很富有的感觉。我假想了一下晴日里她戴着草帽在菜园里拔草时的情景，再次感觉到了她的富足与幸福。每次上下楼梯时，总能看见她的丈夫，那个憨厚而爱笑的男人在厨房里拉面或炒菜的情景——除了小旅馆之外，她还兼营着一个小饭馆。

她的幸福，成了我对藏巴哇第一印象的缩影。

天完全黑下来时，雨依旧缠绵悱恻地下着。若没雨，可以去河边走走，寻两束平日里没见过的野花儿带回来。可是，雨滴反复敲打着屋檐，哪还能去河边摘花儿呢？只能洗了一路的风尘，上床枕着狗熊听雨，听窗下行人匆忙的脚步声一次次路过。

在藏巴哇以及去藏巴哇的沿途，全是延绵不断的庄稼地。偶尔有一两个小村庄，也是被庄稼包围了的。其时，大豆鼓着日渐发胖的肚皮，小麦和青稞都已挺起了沉甸甸的穗子，散发着成熟的气息。这些农作物，都像是听话乖巧的孩童，只要有充足的雨水和阳光，便会使劲生长努力成熟一直到颗粒归仓。这大片美丽丰饶的田野，一定会让村里的老人们在梦中笑醒。

还有那些花儿。

怎会有开得那么纵情的花儿呢？红的浓烈，黄的惊艳，白的淡雅，紫的娇羞。完全就是色彩的媲美大会！小的时候，我的村庄里也有这样满坡满洼的花儿，色彩浓烈到让人眼花缭乱。常常摘一大把带回家，在空的酒瓶里灌上泉水让其继续盛放于案前。有时也会和妹妹插一两朵于鬓间扮着玩儿。兴起时，竟还会用山丹花的花蕊涂红整个脸蛋儿。但一个村庄和一个村庄的野花，竟有如此大的不同。路边见到很多开得跟荷花一样好看的花儿，叫不出名字。咨询了藏巴哇本地人，说是野棉花。可在我看来，亭亭玉立的它们完全就是开在陆地上的荷嘛！旁边的人又纠正道：就是野棉花。这就是乡间独有的雅致了。一朵花，完全可以根据自己的喜好来命名，不用担心花儿的计较。我一直觉得，只有乡间的美，才是最接近完美的美。因为，自离开我长大的那个小村后，我几乎再也没有感受过能让人钟情至骨髓里的美。那种美，应该像水一样柔软，却能让飘散无形的心于瞬间回归。在乡村，草木、昆虫、石头、溪水都有着属于自己的语言和信仰，它们比人更懂得节制和珍惜，因此相互依存又保持着必要的距离。

在藏巴哇的第三天，抽空去了五公里外的九甸峡库区。车上的人指着那一潭绿幽幽的湖水介绍：这儿原来全是村庄，都被淹了；那儿有几棵很大的核桃树，树被砍了，根还在水底……

九甸峡库区移民，是当年数得着的大工程。因为一湖水，很多人带着对故土的眷恋和不舍，依依不舍地离开了自己的村庄，去了风沙弥漫的河西走廊。自古以来故土难离，不知道这个湖里，有多少是他们擦也擦不干的泪水？后来，我曾专程去河西走廊跟踪采访过移民们的新生活。却没料到有一天，我会站在他们曾经朝夕相处过的、那个被称作故乡的地方，对着浩渺无垠的水面任思绪在瞬间短路。

想，若自己也生活在这个小镇上，会是怎样？会不会也开着一间小旅馆，偶尔操心着地里的庄稼和眼前的生计？会不会，种上一园子的向日葵为生机盎然的乡间生活铺满阳光？

陟彼南山

那座叫录豆昂的山上，去年忽然多了一处观景台。

沿一条木栈道抵达坡顶，便能在那个大号的摇篮里依着栏杆一览羚城全貌了。在晨雾未散的晨间去会更好，城市朦胧而草木清新，潮湿的木台阶发出的声响低沉而憨厚，加之夜间褪去的喧嚣还不曾浮现，世界安静如初。第一次去时，我觉得那个摇篮实在是打坐和冥想的理想之地。后来又去，摇篮已被一群聊天抽烟玩手机的人给占领，只好绕道。

观景台出现之前，我不知道那座山确切的名字。只根据方位称为西山坡。春天来临至花草未枯去之前，我会偶尔光顾。从山的这头走到那一头，再走回来。除了蒲公英，蓝到忧郁的马兰花会最早开在山坡上，一丛紧挨着一丛，彼此爱慕又相依为命的样子。入夏，花开得就更多了，黄的紫的白的蓝的，攒出了一片万紫千红。可很多时候，它们会藏起内心的热烈，一个个看上去孤傲又独立，让喋喋不休的我们自惭形秽。我一直相信草木是有语言和感情的，只是不屑于跟人类交流而已。尽管如此，我还是喜欢自作多情地陪它们坐上一会儿，在清晨或者黄昏。

录豆昂这个名字好记。因为是音译而来，当地人一直把“昂”读成“nang”。我更希望有人能把“录豆”读成“绿豆”，但是没有。比起西山坡，我喜欢当周沟更多一点。当周沟在小城南侧，说是草原，其实就是一条狭长的山谷。闲时，我去当周沟的次数要比录豆昂多得多。甚至有一年冬天，我也光顾过寂寥空旷的当周草原。那天，清澈的阳光匹配着更为清澈的天空，让人心动不已。空无一人的当周草原，只有呼啸的风声旋转翻腾，成为世界上唯一的声音。牛羊都在向阳的山坡上静卧，却不见牧羊人的身影。脚底下的草色和远处的草色，都透着无垠的寂寥。远处的山头，被积雪凛冽的光芒深深覆盖，春天因此显得遥遥无期。瞬间，心底生出莫名的绝望和孤独，无所适从又知逃离无用，开始后悔。但是，我竟模仿牛羊的样子，在向阳避风的山坡上坐了下来，似乎是为了细细探究自己的内心：为什么要在这样的季节来到无花无草无人烟的南山？难道只是为了遇见一群没有牧人的牛羊？

人其实是读不懂自己的。很多时候，我很欣赏那个陌生的自己。因为陌生而彼此吸引，和自己成为知己，应该算是一件幸事吧？很多人终其一生都不知道自己到底需要什么、想要什么。且我相信，一个胆小又易触景伤情的人，选择在冬天爬一座人迹罕至的山，肯定不是为了挑战自己，也许是心底里有着小小的叛逆。

夏日的当周草原喧嚣得不成样子，大批的“羚”们蜂拥而至，在山坡上、在树林边、在帐篷里。震耳欲聋的音乐声响彻山谷，藏歌，或者DJ。但那只是帐篷的主人招揽生意的手段，他并不在意山上的花草和头顶的云朵到底喜欢听什么。骑白马上山的并非王子，在摩托车上尖叫的也不是诗人，但他们都很快乐。至少看上去是。可是，我仍然喜欢当周南山曲终人散后的宁静，就像我昨天黄昏时去过的那样。哪怕每次出现在山头的除了羊群，还是羊群。

倘有可能，我希望汤唯能坐在寂静的当周南山上读吴秀波写给她的信：“最近出差，不能按时给你回信了，你要好好的……”

披彩虹的少年

起初我以为，桑珠只是一个有点小聪明的孩子。他能轻松驾驭那辆坏过 N 次的单车并能反复拆卸安装，能变戏法哄八岁的妹妹瞬间停止哭闹，他还能让家里那只性格粗暴的小藏獒对他俯首称臣。总之一句话，他很善于用一些小伎俩去解决生活中碰到的小麻烦。尽管他只有十二岁。

桑珠的右腿有点轻微的跛，说是小时候从马背上摔下来留的后遗症。

桑珠的作文一级棒，屡次在省州级作文大赛上夺奖。

时间久了，我发现桑珠真的是一个很厉害的小家伙。

桑珠的家离市区不到十公里。有一次我去那个叫作卡加曼的小藏寨采访时，认识了桑珠的祖母，后来又认识了桑珠。皮肤白大眼睛又有一头卷发的桑珠看上去更像个维吾尔族小孩，但他的眼睛里总是藏有一丝不易察觉的忧郁。后来我才知道，桑珠很小的时候，阿爸就去世了。阿爸离开后，小小的桑珠成了家里唯一的男人。

桑珠所在的学校是藏汉英三语教学，所以他的汉语说得跟藏语一样顺溜，藏汉双语的成绩一直在班里名列前茅。“可是英语好难啊，总是学不好。那些单词老是不愿在我舌头上好好待着……”每次说到学习，桑珠就会想起令人头疼的英语。因为那些恼人的英语单词，老师的教鞭可没少抽桑珠的手心。“可是，我越急越是念不对，老师说我的舌头不合适，阿姐你帮我瞧瞧……”桑珠说着就把舌头伸出来老长。

桑珠经常会给我提一些让人始料不及的问题，比如天上的云朵为什么是白色的？太阳隔多久会眨一次眼睛？蚂蚁们有没有属于自己的节日？这些令人翻白眼儿的问题常常导致我大脑短路。可如果答不上来的话，在一个孩子面前太跌份儿了。因此我每次即使把脑汁绞尽了也要胡诌一个答案给他。我说：“蚂蚁们每天都要东奔西跑忙着搬家，哪有时间过节呀……”桑珠打断我：“看，这完全是大人思维嘛！蚂蚁肯定有自己的节日，小蚂蚁有儿童节，大蚂蚁会有星星节、花儿节，说不定还有其他节日呢。”“星星节？还月亮节呢！蚂蚁有眼睛吗？”我撇撇嘴，表示对他提出的“大人思维”论不服气。桑珠眨着浓密的睫毛感叹道：“为什么大人和小孩不能有一样的看法呢？阿妈总是阻止我骑马，奶奶不让我拆装自行车，为什么小孩喜欢做的事情大人都要反对呢？”

桑珠的身上有一种很奇怪的力量。说他是顽童吧，可他不光学习成绩好还听话懂事；你说他成熟吧，他的言行举止里又有着孩子般的乐观与天真。

桑珠的阿妈一年有多半时间都在牧场伺候牛羊，平时家里只有他和奶奶、妹妹三个人。哦，还有一只叫豆子的小藏獒。年迈的祖母患有类风湿关节炎，腿脚不大利索，做饭洗衣喂猪之类的家务活自然而然地落在了桑珠的肩头。就是说，当村里同龄的小伙伴儿们在撒娇或者玩耍时，小桑珠要在家里像大人一样地忙碌，照顾奶奶和妹妹。奶奶跟我说起时，口气里有无限疼惜：“他这个年龄，正是贪玩撒娇的时候，可惜我这把老骨头不中用，给孩子添了不少麻烦……”桑珠不仅把家里收拾得很干净。平时他和妹妹穿着也很整洁，并没有藏区小孩常见的邋遢。逢寒暑假时，桑珠还要隔三岔五地往城里送酸奶。小少年踏着差不多跟他一样高的破单车，把酸奶送到市区代销点后又匆忙返回，从不贪玩误事。

一个大人，尚且被生活折磨得筋疲力尽，他才是个十三岁不到的小孩啊！

“桑珠，你觉得快乐吗？”我总觉得人活着快不快乐才是最要紧的事。

“快乐啊！我每天都有很多事要做，哪有时间不快乐……”桑珠眼神一片澄澈。他说话时，微微右倾的身影在阳光下一闪一闪。果然孩子的世界是明亮的。

可是，这个小少年忧郁起来，眉头皱得让人心疼：“我马上就要毕业去城里读初中了，我走了奶奶怎么办呀？她行动不方便，还常常犯病，阿妈在牧场又脱不开身……”

“唉，我和妹妹要是能快一点长大就好了……”

一次出差路过藏寨，我特意买了点新鲜的水果和蔬菜送去桑珠家。藏区平时多以单一的酥油炒面拌糌粑为主食，桑珠和妹妹正在长身体，我希望他们能补充一点维生素。可是，桑珠送我出门时，悄悄把二十块钱塞进我手里：“阿姐，我知道这点钱不够，我只是表示下谢意……”我正要发怒，桑珠急着解释：“书上说，过分依赖别人会形成一种惰性，会让人变懒。再说，你已经很照顾我们了。”看着桑珠的认真劲儿，我只好收下他递过来的二十块钱。我应该尊重并保护一个孩子的自尊。

某年秋天，一些琐事纷至沓来，困扰得我失去招架和应对能力，情绪也一度陷入持续低迷。我只好申请了休假，躲在乡下老家看花看草意欲避开那些乱七八糟的烦心事。恰在这时，桑珠拨了电话进来，问我怎么没了音信。我对着电话发呆，不知道要怎么跟他解释。片刻的沉默后，桑珠以不容商量的口气说：“阿姐来我家住几天吧，我和妹妹的暑假作业需要你的帮助才能完成。我们等你，一定要来哦……”桑珠把尾音拖得长长的，像山谷里的鸟鸣。

明明是他在帮我，还要小心地去维护我的敏感和脆弱。我不得不对这个小男孩刮目相看。

在桑珠家待了三天，每天都会睡到自然醒。心血来潮时，我会下厨给他们祖孙三人做点虎皮辣子扯拉条吃。晚饭后桑珠会带上豆子陪我去村道上散步，给我讲一点学校里的笑话。桑珠每次都会说到他长大后的梦想：流浪歌手、汽修店老板、医生、作家。我很奇怪他的梦想为什么每次都不一样，桑珠说："我觉得梦想多一点才更有意义啊，说不定我可以在做医生的同时又做一个好歌手和大作家呢！"又说："草地上正是因为开了很多种不同的花儿，才显得更好看不是吗？"桑珠歪着头，眉宇之间一片憧憬。天哪！我简直要对这个小屁孩肃然起敬了。记得我刚刚踏上新闻记者岗位时，曾写下"铁肩担道义，妙手著文章"的句子勉励自己。后来发现，妙手著文章还勉强可以，铁肩担道义根本就是一个黑色的笑话。渐长的年岁和越来越多的忙碌，让我们一天天变得世故圆滑，不只丧失了和小花小草对视交流的能力，还丢掉了当初那份斑斓的梦想，心里落满了灰尘却记不得及时清理。我肯为一只受伤的小鸟弯腰吗？肯定不能，桑珠一定能。一向心高气傲的我，突然在一个孩子面前感觉到了心虚气短。

"看！彩虹！"正当我愧疚得不知所措之时，桑珠却在一旁尖叫了起来。我抬头，发现刚刚停止的那场雨，将一架绚丽的彩虹桥醒目地搭在了我们面前。

桑珠目不转睛地盯着彩虹看，神情温柔得让人不忍打扰："多好看的彩虹啊，为什么会是七种颜色而不是八种、十种呢？阿妈在牧场也一定能看见吧……"

彩虹就悬在我们的前方，但是只有孩子的眼睛才能看见。

"是时候该清理一下被俗世蒙蔽已久的心了！不然，我连跟桑珠做朋友的资格都没有。"我想。

月半弯

有些时日了，不写字不发呆不跟另一个自己说晚安。夜里，做一些荒诞不经又毫无头绪的梦。醒后甚觉生活荒谬。

那些少数被命名过的日子，轻易地就成了过去。比如秋分，比如周末，再比如中秋。如今，节日里唯一的仪式感，就是尽力做些能取悦自己内心的事了。中秋小假，去看了一场电影《找到你》，没产生多少共鸣，就觉姚晨嘴大、马伊利并没那么好看。第二日去花店，捧回了一盆水培绿植，喜欢。名字也好：一帆风顺。做这些事时，心里才有了恍惚的节日愉悦感。

中秋晚上，阴天。月亮被挡在了云层后面。但我还是学着母亲的样子，将洗好的青枣、核桃、月饼等装盘，恭敬虔诚地放在阳台上，讨好窗外的月亮。“即使在云彩后面，它也能闻得到香味、看得见我们的诚心”——这是外婆曾经叮咛过母亲的，后来母亲又如此叮咛我们。从小到大，“献月亮”一直是我们最有敬畏感的事。

果然，随后和母亲通话时，她第一句话就问：月亮献了吗？

月月月圆，唯有这个月圆之夜不能怠慢。

往日逢月夜，总要于临睡前在窗边逗留一会儿。月光那么干净又那么温柔，让人觉得尘世间的一切都显得多余。广寒宫里那么深那么久的寂寞，嫦娥姐姐有没有厌倦？砍树累了的吴刚，有没有去找她讨水喝？

甘南海拔高，会觉离月亮更近一点。仿佛那些光芒洒下来时，真的能让人感受到广寒宫里的几分凉意。但是，那样的月色，美好得让人伤感，却又不忍离去。

入秋后，似乎一直在下雨，天地万物情绪低迷。今日晴，大地重回昔日的空旷。更好的是，广场的草坪刚刚修剪过，每次路过，都忍不住要为青草的味道驻足，恨不得躺进去幻想一番梦里的万水千山。其实，眼前这琐碎又寡淡的日子里有很多值得记住的细节。就像那天去菜市场，站在鸡蛋店里跟老板说：我买一点青椒……小个子老板看着满屋子的鸡蛋，脸上显出比我还多的茫然。又想起去年冬天，像陀螺一样连轴转了几天后，终于在某日中午迷糊地撞上饭馆的玻璃门。还好，相机完整，我的额头也没状况。更幸运的是，饭馆的玻璃也没有破。

我从小就不喜欢秋天。成熟和庄稼并不能带给我几分丰收的喜悦，倒是枯了的花和落了的树叶，让我无端多了些说不清的忧伤愁绪。但每次仰视头顶那轮皎洁的月亮时，又觉得它因为秋的空旷而显出几分平日里少有的豁达，并因这样的不喜欢而生出了一些内疚。毕竟，无论胖瘦，这么些年来，月亮一直是我不离不弃的知己。

月光酒

曾被酒醉过一次。

是真正的醉。整整两天不能进食，即使只喝水，也吐。到最后实在没有东西可吐时，整个人轻得像棉花一样落在床上起不来了。一睁眼，天是黄的地是黄的，眼前晃动的人也全是会发光的小星星。

那是 2000 年元旦吧？五六个关系要好的女子，嚷嚷着要正经八百地跨一下世纪。先是很淑女的品红酒，品到兴起时换成了白的。最后，瓶子倒了一地，淑女们倒得满屋子都是，数我伤势最重。

好在，姿势虽不雅，几个人到底还是跨到了新世纪的这边。醉倒之前，我独独记住了那夜有一地如水的月色。

后来，竟渐渐迷上那种似醉似醒的状态：可以一个人哭，可以一个人笑，兴起时还可随意挥霍几段文字。而那一刻吐出来的文字都是长了翅膀的，可以带我四处飞翔。

酒还可做解愁药呢！人都说酒入愁肠愁更浓。偏偏我觉不是：三两杯淡酒渗入愁肠时，愁绪早已如云烟般散去，所有坚硬的盔甲褪落一地，只剩下水一样透明质感的快乐浸透柔软的身心。

那一刻，我就是我，我只为了我。

“花间一壶酒，独酌无相亲。举杯邀明月，对影成三人。”没醉过酒时，真嚼不出这诗里面的味道。后来读，竟闻到了淡淡的花香和酒香，若有若无却沁人肺腑。诗人当时的心情虽寥落了些，可花间一壶酒的诗意，却教人无法抑制地喜欢和神往。那酒，可以是花雕，可以是二锅头，也可是窖藏多年的女儿红。可那花，一定得是些细细碎碎的八瓣梅和颜色浓烈的九月菊，唯这样的花儿，才能配得上皎洁的月光，配得上仙风道骨的诗人。太名贵或太招摇的花儿，想必本色到骨子里的李白并不喜欢。起初觉得，一片花海中，诗人抱一壶浊酒邀明月共饮的心境过于薄凉，可一句“对影成三人”瞬间就驱散了孤寂与凉意。该归功于头顶的那轮明月吧？

那明月，送走诗仙李太白后，无论阴晴圆缺，一直照到了现在。

我喜欢月，且只喜欢秋日里清澈、婉约又孤傲的满月，洒下来，便铺成了一地无字可抒的忧伤。倘若要在那样的月色里静坐，一定得关了所有的灯，你才能听得见月亮轻轻走过的脚步声。这样的时候，若再能独饮一杯酒，沉淀在你心底的忧伤就会在月光的忧伤中土崩瓦解、烟消云散。而芬芳于你唇边的酒，分明已带了月光的清淡和雅致，饮尽，人间便是天堂了。

偶尔也会做那样的美梦：抱一壶老酒醉卧于九月的花海间，不为心情所困，不被俗事打扰，直卧到水样的月色漫过我的长发，花仙子们一个个悄然睡去……

当然，这样的月夜，若能和心仪之人促膝对饮，更是了不得的幸福。

而这样的幸福，最好是在宁静的乡间。

第三辑　在路上

真的，对我而言，行走的意义并不在于到过多少地方看过多少风景，而是有没有借此找回最初的自己。而即便只是这样的短暂行走，已经让我完成了一次灵魂上的抵达。

一朵云住进了水里

黄河进入曼日玛境内时，几乎是静止的。若不是水面的那些浮沫，你根本辨别不出水流的方向。大爱无言、大音希声。这条哺育了中华民族的母亲河，流经草原深处的小村寨时，竟宽厚到没有一点声息，丝毫没有打扰到这里的宁静和安详。

只有大片大片的灌木丛依偎在水里，在晨曦的清新里倒映出一片葱郁。

在拥有九曲黄河第一弯的玛曲看黄河，可以有很多角度。站在海拔三千九百米的尕玛梁，贴在天边的黄河像一条银色的哈达，逶迤出漂亮的曲线，一直飘到云朵的身旁。若是去黄河大桥近距离接触，只能凭栏而立，听草原呼啸的风把栏杆一一拍遍。但是，在流经乔科湿地时，黄河却收敛了一路走来的狂放与桀骜不驯，温存、慈悲，低调得不发出一丁点儿声音。

面对静止的黄河和住进水里的云朵，我的心狂跳不止。

我开始庆幸此次曼日玛之行，庆幸前往曼日玛最偏远的耀达尔村采访。或者，我根本就是为了感受黄河温婉的一面，才有了此行。

同行的人介绍说，河的对面就是四川的若尔盖草原，有漂亮的花湖，再往下走就到了唐克小镇……

可那一刻，我根本顾不上遥想花湖的美丽、唐克的风情，我的心完全浸到了面前的河水里！原本奔腾喧嚣的黄河水，在这里却羞涩、温婉、静如处子：风吹皱了水面，悄无声息；雨碰碎了水面，悄无声息；狗吠吵醒了水面，悄无声息；多情的云朵住进水里，河水依旧宽厚得没有半点抗拒——在高原首曲，九曲十八弯的黄河以安静的方式流成了最虔诚的信仰。

一些树泡在水里，一些云飘在水里。我的心，晃晃悠悠地就跌进了水里。

不知那些被河水途经的小村落，是否感知过黄河的悲悯之心？

这个距离玛曲县城五十二公里的小乡村，我已经到过三次。第一次去是四年前的冬天，沿途大片相似的荒凉让我昏昏欲睡，隐约只记住了永无尽头般的遥远。抵达乡政府进入采访程序后，还没有从昏睡中完全醒过来的我，不知道怎么就冒出一句：你们平时不帮牧民群众去庄稼地里干活吗？乡上的干部们先是一愣，继而纷纷大笑：你见过玛曲有庄稼地吗？别说是记者固有的新闻敏感性，就连普通人的观察力我都没有具备——海拔三千多米的高原玛曲只能长草而不能种出庄稼！我犯的这个非常低级的错误，除了成为同事们的笑柄外，也让乡上的干部们记住了我，让我记住了曼日玛。当然，我还记住了曼日玛的学校。因为当地牧民群众总说，学校是曼日玛最漂亮的房子。那一次，我曾到那所最漂亮的学校里拍到孩子们在黄昏校园里追逐嬉闹的情景。校园里高高飘扬的国旗，在夕阳下有着醒目的红。

好在，基层乡镇都是铁打的营盘流水的兵，当年那拨分享我囧态的领导和干部都换成了新面孔。这一次，我老早叮嘱自己要睁大眼睛，一定记住辽阔的湿地里不会长出颗粒饱满的庄稼。

曼日玛乡政府的左侧是牧民定居点，风格统一的藏式民居依坡而建，将学校拥在其中。右侧和前方，全是宽阔无垠的草原。街道上仅有的一排低矮平房，墙面上龙飞凤舞地用粉笔涂着：大盘鸡、清汤羊肉、花卷等字样。但紧闭的门窗告诉路过的人，这些店铺已经很久没有动过烟火了。

相邻的一间铺面更有创意，笔画零散的“白马王子服装店”被窗户隔在了两边，左边是“白马王子”，右边为“服装店”。还有一个根本没用过的汽车站。有一家没画粉笔字却在营业的清真餐馆，以零散的顾客维持着平常日子。

这就是牧区的一个乡政府所在地。和玛曲县其他乡镇一样，管辖着最少的人口和最多的草地面积，承担着最琐碎的工作保护着最脆弱的生态。

我决定住下来，体验一下这里的空旷与宁静。县委宣传部的李虹雨从我抵达到离开，一直陪着我。

晚饭后，乡上的干部们照例去草地上踢足球。在草原深处工作和生活，还有什么比踢足球更能释放快乐和激情的呢？巴西世界杯正在酣战当中，碰巧天公好心情赐给草原好天气，让草地足球赛持续了半个多月。像是一种习惯，每天晚饭后，大家就会自发地去踢两场。

没有正规的球门，没有专业的裁判，没有替补队员……可是，草原足球赛的精彩，在我看来一点也不逊色于世界杯。奔跑，奔跑，奔跑……铺满夕阳的草地上，所有的人都在汗水里释放长久以来的孤独、寂寞——那是被储存了整个漫长冬季的孤寂啊，如若找不到一个合适的出口，真的会将一个人压垮。

晚上意外停电。虹雨勤快，在我们住的房间里手脚麻利地生好了炉火，烧好了开水。第一次体验牛粪饼取暖烧水，觉得很诗意。火势最旺的时候，房间里到处弥漫着花草的气息。

大约是因为停电，怕乡间的黑暗慢待了两位客人，乡上的领导们陆续来房间看望我们。刚刚结束的球赛耗尽了大家的体能，西智书记差人拿来几包北京方便面，两三个苹果，擦干净，又细心替我们削好。乡长又取来半袋葵花籽儿。这些琐碎的细节，无不让我感动——在偏远的乡下，这些算是最好的东西了。室内烛光摇曳，窗外月色清澈，偶尔几声狗吠。几个不算熟悉却没一点儿防备的人坐在一起，像旧友一样喝茶、聊天。这样的氛围和情绪，真的让草原深处的夜晚有了不寻常的宁静。

西智书记说：耀达尔村离乡政府远，却离四川的唐克镇很近，在那里可以看到九曲黄河第一弯的壮丽，还可沿途欣赏黄河流过的景色。只是路不太好，辛苦你们了。

副书记贡去乎拿出手机给我们看他拍的黄河第一弯美景。最佳的角度和适当的光线，拍出了黄河第一弯的恢宏和柔媚。

地广人稀的玛曲草原，很容易让人丧失方向感和存在感。可这些长年工作和生活在草原湿地上的人们，却从骨子里爱着脚下的这片土地——在这里，他们记得住每一座帐篷的颜色，叫得上每一朵花的名字，说得出每一场雨的习性……

夜深以后，整个世界静得只剩下月光流动的声音。莫名失眠，辗转反侧，一次次虚拟将要面对的美景。恍惚中，梦见自己变成了一朵棉花样的云朵，才轻轻一飘，就被黄河拉进了宽阔温暖的怀抱里。

一种抵达

跳上那辆涂得像彩虹一样斑斓的大巴车时，悬着的心方才落下来——对于一个幻想多于行动的人而言，一念天涯需要的不仅仅是勇气。所以，车子启动后，我没有回头。

其实并不知道去郎木寺能做什么、能解决多少内心的问题，就是想去。想下一分钟就能让自己在仙女洞口的草地上晒太阳，想在格尔底寺对面的山坡上一个人发呆，想让一场陌生的大雨淋透我心底长久以来莫名的忧伤。一刻都不愿再等。我知道，倘要想从被复制过的厌倦中逃离出来松一口气，郎木寺是最适合的去处。多少人不顾路途的遥远和颠簸慕名而至，或许就是喜欢小镇远离喧嚣的宁静，迷恋它轻淡而不着痕迹的异域风情。

事实上，我与郎木寺小镇之间的距离，短促得来不及做完一场酣梦。隔着车窗看看草原想想心事，郎木寺的风就已经吻上了脸颊。

午饭后，一个人漫无目的地在街上晃悠。小镇看上去依如昨日，至少气息是。沿街两边的青年旅舍、银器坊、小酒吧都有着别出心裁的招牌或广告。那些小心机，会让人一点一点地喜欢上这个小镇的烟火生活。若我是某间小屋的主人，也会用心布置一个客栈或书吧，摆几张斑驳陆离的木质桌椅，置两盆绿色植物妖娆于案头。当然，还要起一个自己心仪的名字，比如天涯客栈，比如旅愁书吧……这些古人用过的词，在我看来更适合安放一个客居者的孤独和疲倦。

正午的阳光泛着金属的光泽，切割了所有的建筑，让眼前的景致立体而富有层次感。天空的蓝，薄得接近透明，似乎云朵只要轻轻触碰一下，就要破了那样。我闭上眼，做了一个深呼吸。一缕泥土混合着草木又渗透了桑烟的味道，立时扑入我的胸腔，让心沉静了许多。一只慵懒的猫咪靠在门槛上打呼噜，似乎隔壁店里劲爆的音乐并没打扰它的清梦。偶尔，会有一两个黄头发蓝眼睛的外国友人或穿绛红色僧衣的喇嘛擦身而过，脚步轻得没一点声息。仰头，光束里有细微的灰尘浮动，像眼前渐渐慢下来的时光，让人感觉恍惚。有多久没有享受过这样闲适的时光了？呆立街头，我半天给不出答案。

在这个一河隔两省的小镇，每次来，都能遇见不同的自己。河这边，落满甘南的阳光。河的对岸，川味普通话像铺在头顶的蓝天，明媚而干脆。

继续晃悠。

和银器坊的老板聊天时，他始终没有停下手中的活，也没有向我兜售店里的商品。他专注的样子不由令我肃然起敬。他说："只要用心做，就能做好每一件小事。然后，这些小事会帮你促成大事。"彼时，他手里正在加工一只小巧精致的银戒指，阳光明晃晃铺了一地。

在那家围巾编织加工的小店里，我尝试着做了一回织布姑娘。看着色泽艳丽的毛线经纬分明地簇拥在一起，在我手里渐渐成为一团温暖，很有成就感。在城市，这些古老而传统的工艺已被现代化所代替。而在这个偏僻古老的小镇，这些传统和美好依然醒目地存在着。

而眼前这些琐碎的细节，正以其迷人的光芒一遍一遍地打磨着我，令我快要干瘪的灵魂和思维瞬间又恢复了柔软和饱满。

黄昏来临时，我拐进了临河而居的那家“藏地青稞”酒吧。找了一个靠窗的位置，要了一听纯生啤酒。关掉手机。喝酒，吹风，发呆。是的，我大老远跑到这里来，却改变初衷没去仙女洞口的草地上晒太阳，也没去寺院对面的山坡上静坐，而是想要在这里不被打扰地度过一个完整的黄昏，看着太阳一点一点落到山的那边，让暮色一点一点将我和周围的世界包围。酒吧里的客人素质都不错，喝酒的、聊天的都把声音放得很低。除了音箱里循环的轻音乐外，世界显得低调而安静。一颗被生活束缚和奴役的心，太需要这样的宁静和回归，太需要独自面对自己了！整个黄昏，就只是一听啤酒、一个人、一首反复循环的单曲而已。可那一刻，我的心底充满了喜悦与殷实：我空空如也，却拥有整个世界。

真的，对我而言，行走的意义并不在于到过多少地方看过多少风景，而是有没有借此找回最初的自己。而即便只是这样一个的短暂行走，已经让我完成了一次灵魂上的抵达。

最好的乡邻

一只蚂蚁从土疙瘩后面探出小脑袋，瞅了瞅，见四周无动静，又折回身去。不一会儿，大队伍的蚂蚁从土疙瘩后面昂首挺胸地走了出来，脚步从容而整齐。仔细看，有的蚂蚁身上还扛着碎屑样的东西。哦，原来它们在搬家呀。依小时候的经验，蚂蚁搬家通常是要下雨。我抬头一看，不远处果然腾起了一片乌云。这些聪明的小家伙，难道它们的身上装了感应器不成？

我收了手里的相机，悄悄地坐着没动。假如没有琐事打扰，我很愿意用一个黄昏的时间去欣赏蚂蚁们搬家时的壮观。而且，万一它们要有什么大件儿搬不动的，我也愿意以举手之劳给予成全。

那个出来探路的蚂蚁，应该是它们的户主吧。如果排名，应该排在户口本儿的第一页上，我想。因为整个过程，它一直走在队伍的最前面，颇有将军或总指挥的气势。它身后的蚁群，亦步亦趋地跟着，听话乖巧的样子。

这是一个夏末秋初的黄昏。工作原因，我被我的相机带到了卓尼的这个小村庄。然后，又被这些蚁群挡在了村道上。我叫不上小村的名字，但这并不妨碍我靠近它，或者它接纳我。我常常利用工作之便寻一些自己喜欢的景致、心情，或者某些不经意的细节，以此来慰藉工作途中的单调和孤独。

临水而居的卓尼小城是美的。穿城而过的洮河水，给了这座小城灵动与柔媚。我喜欢看小城草木葱郁生机勃勃的样子。只要是有阳光的日子，宽大的杨树叶就会撑起一片接一片的荫凉。绿意盎然的杨树或者柳树，都会让人感觉到莫名的心安。或许是因为这些植物留有我童年的记忆，又或许是它寄托着我无法言说的乡愁。那些稠密的绿色，每次都会让我感到淋漓尽致的喜悦和伤感。真的，我从来没觉得喜悦和伤感这两种原本矛盾的情绪不会同时出现，因为我常受其扰、常吃其苦。

那年夏天，我从木耳镇返回县城的途中，穿过一片绿油油的庄稼地，果然在那片低矮的灌木丛中找到了面条条、马银菜、野党参等儿时吃过的野菜。我执意要在那里停留，像是知道它们都在那里等着我的经过。采了一大把，一个人躲在树阴下慢慢回味熟悉的味道，心底的欢喜和难过一层一层蔓延开来。其时，公路对面的村庄已落满了夕阳，一些屋顶开始冒起了炊烟。不知道哪家小院里，有没有一个小丫头能像小时候的我，爱摘野花，爱闻青草和炊烟的味道，喜欢偷偷踩着小方凳擀面条。但是，笨而胆小，爱哭鼻子，从不敢一个人面对慢慢暗下来的天空……

那些野菜的清香缓缓沁入我的胃壁，有着无法言说的妥帖和温暖。被草汁染绿手指的那一刻，我觉得自己是幸福的。

我长大的那个村庄到处长满了马银菜，细长的茎，开细碎的粉红花，小时候真没少吃。大一些的孩子们经常骗我说：马银子，马银子，阿婆吃了屙银子。天真的我每次回家都会采上一大把，尽管那时对银子并没有一个明晰的概念。但印象中，奶奶一次都没吃过。我自然也就没法验证一根草会在阿婆的肚子里变成银子的事实。

因为有着大片大片的绿，这个叫卓尼的地方似乎很适合释放一些乡愁。

蚂蚁们来来回回地忙碌着，并不知道有一个人傻乎乎地守在它们旁边。即便知道，它们大概也不屑于跟人类交谈。或者即便愿意交谈，也会存在着语言上的障碍。它们只说卓尼觉乃藏语，而我却不能。很多时候，我根本无法用准确的语言表达出心底长久以来莫名的伤感，也无法像它们一样单纯快乐地活着。

倘若一只蚂蚁跳出来问我：你快乐吗？我一定不知道如何回答。

是的，我不知道我过得快乐还是不快乐。很多时候，我都尝试不去在乎内心感受地活着，可事实却充满了嘲笑：我不是不食人间烟火的仙子，只是肉眼凡胎的俗人。

几头牛脚步笨拙地经过我的身旁，颈间摇晃的铃铛声吓到了蚂蚁，它们的脚步开始仓促慌乱。原来它们也缺乏安全感，也像我一样对这个世界保留着一份警觉。

雨滴落下来的时候，它们全都匆忙钻进了洞巢里，没有一只蚂蚁回头目送我的离开。若是人，或许我会难过于这样的薄情。可它们只是一群蚂蚁。

拍掉身上的土，轻声地跟它们道了再见。村道旁的地里，将要成熟的庄稼散发出的淡淡清香，几乎要将我灌醉。

在现代文明的侵袭下，村庄越来越少，土地越来越少，绿色越来越少。大片的庄稼地逐渐被钢筋水泥切割，被利益切割。我居住的羚城是，小城卓尼也未能幸免。麦苗泛青的春初，我去卓尼城郊采访，途经路边的麦地时，被铺在地里暖色调的夕阳拖住了脚步。那些柔软而轻盈的夕阳，应该是越过田埂边一棵大杨树后覆盖麦苗的，因为静得没有一丁点儿声息。铺在麦苗上的夕阳折射出星星点点的光芒，营造出一片迷人的朦胧。有多久没能遇见过这么温暖的风景了？有多久没见过这么震撼的黄昏了？旁边的人说：这些土地都是被开发商征过的，明年就不能种了。

我心里咯噔一下：哦，那么明年，再来这里时就看不到被夕阳拥在怀里的绿了吗？那些失了地的农民，拿着赔偿得来的钱，会不会茫然？会不会绝望？从春天播进种子开始，土地就会成为农民的全部希望。可当地里栽进去冰冷的钢筋时，土地的主人们该从哪里去感受希望？

还有一次经过那个叫盘桥的小村寨时，村道两旁开满了黄色的蒲公英。明亮清新的黄，在路旁兀自延长着芬芳，就像飘带一样整齐。过了花期的，已经顶着一头的白绒毛在风中摇曳生姿。它们拥挤在一起的明媚动人差点让我喊出声来，因为那一刹那真的被它们感动。记得幼时，常在春天里摘了蒲公英插在发间臭美，吹过了花期的毛娃娃的绒毛，看它们雪花一样地飞走，觉得这些都是美得无与伦比的事情。可一晃，岁月就轻而易举地负了我们还不曾长大的心。

当我们离故乡越来越远、离曾经的梦想越来越远时，任何一个可以安放乡愁的地方都可以成为让你魂牵梦萦的地方。哪怕这个地方没有通往故乡最近的路，没有让你念念不忘的人，它也一样可以成为你灵魂中最好的乡邻。

我们的东乡

当我第二次踏上专程去往东乡的路途时，感觉那里的沟沟壑壑已不再陌生。它们像我熟知已久的朋友，在秋色里列队等待着我的到来。

三年前去兰州时首次途经东乡，对这个荒凉偏僻的地方并无多少印象，除了一盘好吃的东乡手抓和土豆片以外。如果不是有着相同爱好的东乡族女孩法图麦，我肯定就和众多路过东乡的路人甲或路人乙一样，抵达，然后离开，仓促得不会再回一次头。

可三年前，我郑重地向法图麦承诺，还会再来，再来我们的东乡看看。

路况较三年前已有明显改善。车辆也不多，不必让人在南阳山那些急弯道里神经紧张地避让来车。倒是路两旁那些树木，显得越发茂密浓郁了，一副生机勃勃的样子。那样浓郁的绿和沁人肺腑的气息，不免让人心生愉悦，恨不得将这些醉人的绿统统复制打包装进行囊，带给将要抵达的东乡，带给东乡的文艺青年法图麦。

法图麦年长我两岁，是土生土长的东乡族人。三年前我途经东乡时，曾在她父亲开的餐馆里吃过午饭。手脚麻利的法图麦抹桌扫地端茶倒水，我以为是服务员，就和她多聊了几句。后来才知彼时的法图麦已嫁为人妻并为人母，她只是利用农闲时节过来给父亲帮忙。法图麦热情地为我们推荐了店里的特色菜：东乡手抓和东乡土豆片。她介绍说，羊肉和土豆都是本地产物，绿色天然无公害。法图麦没有骗我们，因为自那以后，我再也没遇到过那么好吃的土豆。

那天饭后要离开，却被一场始料未及的大雨阻拦，只好继续待在餐馆喝茶，和法图麦聊天，看她进进出出的忙碌。后来才知道，法图麦结婚前还是一名文艺青年，平时喜欢写点童话或小散文，在兰州上中专时小文章还几次上过晚报副刊。怪不得感觉她跟普通的服务员不一样，我立马对她有了好感："那你现在还写吗？"法图麦摇摇头："结婚后就不写了，家里活多，又要带孩子，太忙，根本没空捉笔。现在，我已经学会向生活妥协。人总是要面对现实的不是吗？对我来说能读完中专已经算很幸运了。"窗外大雨如注，店里终于消停了一会儿。法图麦踏实地坐在我的对面说："当初在学校时，同学们都说东乡是穷乡僻壤，劝我留在兰州打工不要回来。说实话，我也犹豫徘徊过。从小山沟里走出去的人，谁不向往大城市的繁华？可我还是选择了回来，尽管知道回来也只有很快嫁人的命运。但我已经熟悉和习惯了这里的一草一木，我无法在异乡的一场透雨里停止对故乡的牵挂……"法图麦说出这些文绉绉的话时，表情平静得像是在叙述别人的故事。末了，她又略带羞涩地说："我好久没这样说过话了，感觉真好。你不会笑话我吧？我最早的梦想真的是成为一名好作家，可现实却像一个笑话……"法图麦的平静，却让我心里有了莫名的难过：如果她不向生活妥协，或许她真的会成为一名声名四起的优秀作家。她的人生，也会成为另外一种版本。可是，生活里不会有那么多的如果。

那天久违了的大雨，滋润了黄土高原干渴已久的土地，也给了时间让我们聊了很多。法图麦欣慰地说："进入六月后，几乎没下过一场透雨。这下好了，地里的庄稼有救了！"她指着远处山坡上湿漉漉的庄稼地告诉我，哪一块种着大豆，哪一块种的是小麦，满足的样子让我相信她真的已经放弃了梦想向现实投降。告别时，法图麦给我留了她的电话号码和家庭住址，再三叮嘱我要再去东乡走走看看。她诚恳地说："东乡虽然干旱贫瘠，但还是有很多值得去关注的东西，比如历史文化，比如生态环境保护。要想客观地认识东乡，只有走近她、了解她、触摸她。我不能写了，希望你能有机会替我写写我们的东乡……"她的这番话，让我非常讶异她的胸襟和远见。离开几步，我又折回去紧紧拥抱了她。

之前，我对东乡的概念仅仅停留在一个地名上。偶尔听旁人提起，也只是描述那里的苦焦与荒凉，关键词除了干旱贫穷以外，就是自然条件严酷。事实上，处于黄土丘陵地带的东乡县的确一直被这些不可逆转的自然因素制约着发展。俗话说"靠山吃山，靠水吃水"，可生活在东乡的人们却没有这样安逸，他们即使拼尽力气也无法用双手从庄稼地里掏够一年的口粮。于是一部分人不得不去另谋出路：跑运输、搞商贸、当小贩、做餐饮，以各自的勤劳和智慧延续着对生活的希望，就像法图麦的丈夫跑运输、她的父亲开饭馆一样。而放弃了文学梦的法图麦，希望自己有一天能在经济条件允许的时候，去荒山种草种树。她觉得人活着总得为自己的故乡做点什么，哪怕个人力量再微弱，也要燃起一点星星之火。而且她坚信，既然东乡族的先人们选择将家安在这里，就总会有一种植物适合生长在这里的土壤。

离开东乡后，我和法图麦经常用手机保持联系。担心她农活忙，我通常只在晚上发短信给她。她是每信必复，给我说庄稼的收成，说孩子的学习，说和婆婆生气拌嘴，也说被搁浅已久的文学梦。她说，假如有一天我能重拾写作，我就给自己起个带有东乡味道的笔名，让人看一次就能记住。我回：那不行，别人一听全是东乡土豆的味儿。她在电话那头大笑："我要的就是这个味儿，因为我要写的全是东乡的人和事、山和景啊，我就是要让别人一眼就看出来这是东乡，我们的东乡……"

三年时间让这个小县城发生了很大变化，我想我是来对了。安顿好住处后，我决定先去看看法图麦。我事先并没告知我要来，是为了给她一个惊喜。哪怕只有一面之缘，我们也依旧算得上是久别重逢的知己。

法图麦看上去老了不少，双手变得粗糙，眼角起了皱纹，脸颊也长满了黑斑。但眉眼之间分明多了一份沧桑和成熟的韵味。我知道，这是岁月给予她的馈赠，也是东乡的山水对她的回报。她拉着我的手参观了她家新修成的二层小洋楼，看了菜园里的菜和花园里面的花儿。她调侃说，自己虽沦为一个农妇，但骨子里还保留着一丝文艺范儿，别人家都在菜园里面种几朵花，只有她家有专门的花园。

晚饭法图麦特意做了东乡土豆片和羊肉面片。吃饭时她带着孩子气的蛮横说："你明天不许走，后天也不许走，大后天还不许走。要等我把馓子、油香、尕鸡娃等所有的东乡特色小吃都做了，你品尝完了，我就放你走。"

我断然不能住那么久，我不能给法图麦添那么多的麻烦。况且我知道因宗教关系，东乡人极其注重身体的清洁，几天一小净几天一大净，都是特别有讲究的。而添一个客人，就意味着要加大水的耗费量，我怎么能忍心？

从村口远远望去，层次分明的田野像极了一幅线条简洁、着色节制的水墨画。近处的炊烟和天边的夕阳融在一起，美得让人恍惚。偶尔一两头晚归的牛羊，也不担心被暮色包围，还在慢腾腾地四处张望。未及收割的玉米，亭亭玉立如接受阅兵仪式的方队，屏气凝神地站在晚风里。法图麦问我："听过花儿吗？在我们东乡，那可是一贴良药呢，心情不好的时候吼几声，就啥都没有了……"话音才落，耳边就响起了她的歌声："花儿本是心上的话，不唱由不得个家。刀刀拿来把头割哈，不死就是这个唱法……"

待我们走远时，高亢嘹亮的"花儿"似乎还久久回荡在东乡的沟沟峁峁间。

吃酒记

写下这个题目的时候，我自己先笑了：一个女生，怎么会有吃酒的经历呢?

大约是四五年以前的端午节，我受邀去舟曲参加由州文联组织的作家采风活动。大巴载着一群怀揣了诗与远方的人们，摇晃着一路的歌声，于黄昏时分抵达那个叫巴藏的小藏寨。老远，就看到路边有身着盛装的男女在列队等候，他们有的手捧洁白的哈达，有的端着酒壶酒杯，像迎接贵宾一样。车门刚一打开时，一股浓郁的酒香就扑鼻而来了。按照当地的习俗，远道而来的客人无论男女都要先喝上三碗再入村，以接受主人的诚意。看到前边下车的人都喝了，我也效仿他们的样子，先低头戴上哈达，再接过盛满了美酒的杯子。那酒杯……怎么说呢，对女生而言简直就是海碗嘛！心里真的有点儿犯怵，但为了表示礼貌，我在浅饮了一小口以后言不由衷地说了句：“嗯，真香！”话音刚落，呼啦啦围上来一帮美女：“香了你就多喝点，我们的酒还能美容养颜呢。”“敬你一碗青稞酒，远方的好朋友……”她们一边敬酒一边还唱起了敬酒歌。在她们百灵鸟一样清脆的歌声中，我晕晕乎乎地被灌了三大碗。进村的时候，身子轻得感觉能腾云驾雾了。看着旁边的人在捂嘴偷笑，我真想抽自己一嘴巴。可我哪里知道，这三碗酒，才只是序曲而已。

舟曲是一个以藏为主、多民族聚集的县份。因其地理位置的特殊，被人们称为小江南。所谓十里不同俗，小小的舟曲县在饮食、民俗、文化等方面有不少差异。我们去的那个小藏寨，就有个很有特色的传统节日：朝水节。每逢端午节，全村人要走很远的路，去村子后面的山上朝拜一泉圣水。那水的神奇之处在于，它是从一座巨石中间倾泻而下成一帘白色的瀑布，且终年不涸。巨石脚下，水流结成的白冰晶莹剔透，伏天也不会融化。端午当天的圣泉旁边，香烟缭绕，欢声笑语飞溅起朵朵水花。身着节日盛装的男女老少转山转水，为一年的风调雨顺和幸福安康祈福。

舟曲还有一个鲜明的地方特色，那就是家家都会酿酒、人人都会饮酒。当地女子生小孩坐月子时，每天都要喝一碗自家酿的土酒来保健身体。所以，在舟曲你要说哪个女孩不喝酒，是没人会相信的。无论哪个季节，一缸味道醇厚、香气浓郁的土酒是每家的必备品。

晚宴很丰盛，各种地方特色美食摆了满满一桌子，看着让人直流口水。但每次刚要伸出筷子的时候，就会有人来敬酒——无酒不成宴嘛！藏族姑娘能歌善舞能说会道，如果你不喝，她们会一直端着酒杯（碗）唱下去，直到你饮干手里的酒为止。环顾左右，每张桌子都是唱歌敬酒的，一拨又一拨的村民轮番上阵，大有不灌翻客人不罢休的火样热情。一碗酒下去，脸红了；两碗下去后，心跳加快了；第三碗饮干时，人就有点飘飘欲仙找不到东西南北了。后来，就不知道是第几拨了，我只记得我进入了来者不拒、越喝越勇的境地。只记得一屋子的欢声笑语宾主尽欢中，眼前的人都在旋转、整个世界都在不停地旋转，像童年里我玩过的万花筒一样……

第二天清晨，我被窗外的几粒特别好听的鸟鸣叫醒。从声音辨别，应该不是多嘴的麻雀，乡村田野舞台广阔，说不定是我小时候见过的红嘴雁或红雀呢。只有它们才能唱出这么好听的晨曲来，麻雀的歌声断不会这样婉转动听。我挣扎着爬起身子，这才发觉头疼欲裂，胃里也是翻江倒海般难受。屋里到处充斥着酒味儿，似乎连我的头发丝里也往外渗着酒精。到底发生了什么？为什么我一点都不记得？屋里空荡荡的，人们都不知道去了哪里。哦，今天是端午节，她们会不会是集体去采杨柳折艾草了呢？我扶着墙，像云朵一样飘出了屋子。我决定去看看窗外的那些鸟儿，我想当面跟它们道谢。时光如此仓促，是它们把我从拖拉的睡梦中唤醒，让我拥有了一个如此美好的清晨。后来才知道，醉过我的那种土酒，在当地还有一个俗称，叫“软腿大曲”。

我喜欢把喝酒称为吃酒。唯觉得如此，才不会辜负了酒里深藏的古典与美意。但舟曲的吃酒经历，似乎在我心里筑起了一道长长的藩篱。因为自此以后，再也激不起我对酒的任何一种美好想象，我也不喜欢醉酒以后轻得像云朵一样的那个自己。

扎尕那浅遇

原本是说好次日清晨去扎尕那的，因为可以捕捉到日出时流云的清澈和晨雾的散淡。可午休完上车后发现车子驶向了扎尕那方向，问身边的人，方知线路临时有变。就在这样一个阴沉迷糊的黄昏去见倾慕已久的扎尕那？真的有点沮丧。我以为，阴沉的天气和模糊的心情都是不适宜去扎尕那看景的。原打算用一个晚上整理好自己，至少出现在扎尕那面前时，心情要和清晨的空气一样透明洁净——等待这次遇见，我已等了太久。

一路被这样的沮丧困扰着，竟忽略了山坡上那些开得正好的梨花和桃花。

扎尕那那个叫东哇的村庄依山而建，江迭公路横穿其中。村长帕巴交的二层小楼就在公路边上，从低矮的院墙望出去，可以看到对面山上绿意渐深的风景。帕巴交说，扎尕那一年四季都有游客，冬季还有南方游客带了帐篷来过年呢。帕巴交说，他的藏家乐很受外地客人青睐，因为可以吃到纯正的藏餐。帕巴交说，扎尕那有保存完好的水磨，随时都可以品尝到现磨的炒面……我冬眠已久的细胞终于被一点一点激活，极想潦草仓促地结束采访，一个人去面对扎尕那的清冷或温情。

依坡而上时，见到了扎尕那的老人和孩子。他们的旁边，有刚刚劈开的柴火散发着木头特有的清香，闻之让人心里莫名地踏实。果然见到了水磨坊——只有一位老人静守的水磨坊。说他静守，是因为我贸然闯入低矮逼仄的磨坊时，根本没有发现临墙而坐的老人。他没动，也没有因为有陌生者的闯入而惊慌。慌的是我，拍了转动的水磨后才发现旁边有人，一时手足无措语无伦次，如同做了贼一般心虚。县委宣传部陪同前去的同事试着跟老人解释，又向他讨了一把炒面让我们品尝，老人依旧不动，只是点头应允，面目和善。是什么力量让老人修炼到如此心如静水的地步？是渗入骨髓并和他一起老去又重生的扎尕那草木吗？

江迭公路路况较差，路面偶有塌陷。那个年轻的小司机谨慎地转动着方向盘，一点一点靠近扎尕那的界碑。偶有悠闲的牛羊从车身旁经过，腰身婀娜的柳枝衬着塌板房的简洁在风中舞蹈。微雨的空气中，流淌着只有大自然晨醒后才有的味道，而路过那些小村庄的屋顶已冒起了炊烟。梦境吗？若是梦境，我情愿一直在梦里而不去面对那些渐已塌陷的和不再美好的现实。人总是在点滴的经历中变得成熟，但成熟的代价却是让心坠入荒漠，永无尽头的荒漠。虚拟的美好溃败于现实时，我们总缺乏自我修复的功能而变得无比脆弱。一脆弱，就想找个地方让自己躲起来。

终于没有走到界碑跟前。因路况原因加之山雨欲来，车上有人提议返回。好吧，很多事情都是命定好了的，何况只是一次意外“旅行”。山上的天气善变，回东哇村不到片刻，夕阳铺天盖地倾泻而来，你甚至不知道它是从哪片云层里冒出来的。篱笆的倒影，水流的声音，鸟儿归巢的啁啾，立时让扎尕那的黄昏喧闹了起来。眼前的山和房倒是忽然有了立体感，温润的阳光滑过我的手指，眼角莫名有些发潮。打开手机记事本，敲下几个字：此刻，世界就是你的。一切都浑然天成，自然得就像前世里的约定。

不过一段似是而非的句子，其实并不能腾空当时的情绪，但就那么顺手敲了出来。我更想的是，靠在那摞码放整齐的柴火跟前，给谁写一封长信。说说许久以来的困惑、难过、坚持或妥协，一并说说我的念想。然后，装进夕阳的信封，盖上树叶的邮戳，寄给远方。

可世事纷扰，谁会耐心到静坐下来倾听一封长信的唠叨？所以，我什么都没有做。只是坐在篱笆旁边，听任扎尕那的夕阳潮水一样一次又一次将我打湿……

天水，天水

街角的咖啡店快要打烊时，我仍没有要离开的意思。我真的愿意就这么坐下去，一直坐到路灯暗淡、月光发白。可是，服务员又一次走过来，面带歉意地微笑，提醒我时间已晚，只好起身，离开。

原本，我是要找一间酒屋的。那种装修简单古朴、檐下有招牌的酒屋最合我意。进去未必醉酒，临窗的位置要一杯菊花，或是白开水陪我静坐，听天上之水会从哪个方向涌进我的心里，听内心深处掀起喜悦的惊涛骇浪。

是的，我心仪天水已很久很久了。久到让人恍惚，以为是上辈子就有的事。

去年，前年，甚至更久以前的日子里，每次出差乘坐的火车途经天水时，我都有提前下车的冲动。在火车轻快的脚步声里，我会老早盘算：出了站是乘公交好还是坐出租好，哪种方式能让我更快、更迅速地融入天水？去了该找一家什么样的旅馆才能安放我对它的倾慕之心？住几天才能真正了解这座我所喜欢的城市？可怜的是，我没有一次能够任性地跳下火车，像归家的鱼一样游入这座陌生的城市，去释放自己长久以来的喜欢。无论火车上的我，是回归还是出发，都掩盖不了那一刻弥漫于内心的失落和黯然。

到底喜欢天水什么呢？二十年前去过一次，但那时年轻幼稚，打开一座城市的方式就只是逛街、看景、品美食。并且，对街头潮水一般的车流怀有巨大的抵触和恐惧感，嫌旅馆的老板娘态度粗暴蛮横，又觉街道拐角处的行道树太过单薄，没有长出我想要的样子……可当岁月一轮轮退去，一直退到水落石出的时候，我才惊悟到曾经的那些不满意，都成为我今天最愿意回忆和怀念的东西。而我也终于愿意承认：人的成长，很多时候就只是一个转身的工夫。

次日醒得迟，大约是夜里饮咖啡过量，有点醉。起床，把自己收拾得唇红齿白，出门继续逛街。漫无目的，想一条街一条街地走完，想路过每一个十字路口，记住每一个红绿灯闪烁的样子，想认真观察每一个擦肩而过的人匆忙奔波的表情，想看看二十年前跟我一样单薄的行道树，眉目之间是否也染上了光阴赐予的沧桑。车辆、行人以及植物们带来的陌生感，让我的心里充满了难以言喻的喜悦和快感。我真的很想大声说出这样的喜悦，哪怕无人分享，只能被流浪的风收取。“自由的、重新丰满的灵魂！”我低头跟自己说。我听出了自己声音里渗透着的得意忘形。这样的自由多么美好！无故人相约无工作束缚更无琐事累赘，我身体里的每一粒细胞都为这陌生的气息所诱惑和忘形，我褶皱多日的心情终在天上之水的浸润里得到抚慰。

女友听闻我去了天水，电话里叮嘱一定要去麦积山，还要记得吃当地的小吃呱呱。我反抗：麦积山历来游人如蚁，又不缺我一个，为什么要去？她诧异：那是天水的风景名胜好不好？不然你大老远跑去天水干嘛？晒太阳啊？我说：你还真猜中了，我大老远跑过来，就是为了晒晒天水的太阳，淋一场天水的雨……

可是，在麦积区游荡时，竟有了乘公交的念头。才落了几滴雨，衣衫单薄的我心里就生了逃避之意。后来还是打消了念头，果断离开公交车站台。信步走，先逛了一家超市，购百岁山矿泉水一瓶。一瓶原本普通的纯净水，在这座水的城市有了说不清道不明的象征意义。随后又在一个书店待了半个小时，购得柏杨先生《西窗随笔》一本，觉得那些妙趣横生的文字，实在适合缓解一个人在行走时不期而至的寂寞。想想真是有意思，大街上人来人往，却没有一个人知道我是个寄居片刻的过客；身边人熙熙攘攘，也不会出现《诗经》里那样儒雅而貌美、让人眼前一亮的男子。可是，这丝毫不影响我去细细打量面前这座完全陌生的城市。

夜幕降临时，我走进了一家粥屋。红豆粥、黑米粥、小米红枣粥、皮蛋瘦肉粥。此刻，温暖的灯光下，任何一种内容的粥都能安抚我的胃神经，驱散我身体里所有的疲倦。我更大的欣慰在于：我终于可以在火车停靠天水站的时候，下车，带着长久以来的念想，像归家的鱼一样游入这座城市。我终于在窗外灯火通明的时候，用一碗天上之水熬出来的粥，告慰了自己渐已瘦去的灵魂。

九月入川记

松潘古城

想去松潘的念头有些时日了。一个喜欢古典风的人，对“古城”这样的字眼是毫无抵抗力的。何况松潘只是一个小镇，何况她在地理位置上还是属于四川的。

从甘南去九寨看水，松潘是必经之路。从合作出发后，客车一路向南穿过若尔盖大草原。抵达若尔盖县城后，简单午餐。若没街头那些脱口而出的川音，相似的街景和着绛红色僧衣的喇嘛，会让我疑心自己是否已经离开甘南——我接近缺氧的思绪和心情，多么需要逃离。同行的人都愿意直接去九寨看水。只有我，再三坚持要在松潘古城住上一夜。

幸好，若尔盖没有直达九寨的班车，只能从松潘转道。如此，正合我意。自去年匆忙途经川主寺后，我一直给自己想象，想专程再去。如今，松潘就在前面的不远处等着我。班车慢且发车时间又晚。几个人一商议，只好应了一直跟在身后磨叽的那个出租车司机。那个发型酷得只剩一撮毛的年轻人，似乎很懂我的心思，一路上车速快得只剩下耳边呼啦啦的风声。

到了目的地安顿好住处才知，我自以为是地犯了个大错：我以为的松潘，只是叫作川主寺的小镇。真正的松潘古城，还有二十多公里的车程！同行的人虽都没怨我，但我心里已经悔出水了。不住古城，意味着我只能做个一面之缘的过客。我的到来和离开，都不会被松潘感知并因此欣喜或难过。我甚至不能很认真地跟古城道声别。

没办法，只能借助昏昏欲睡的公交，再走完这二十多公里的路了。

是为了照顾我想在黄昏里读松潘的心情吗？置身古城街头时，天忽然放晴了。客栈的窗框，银器坊的门槛，九月的花瓣上，夕阳似一枚枚醒目的标签，贴得到处都是。我的发梢，也一定沾满了夕阳的颜色，这是古城给予一个过客的馈赠。当我心怀期许、满面尘色地循踪而来，也只能留下一个关于黄昏的念想。纵使古城无法感知，有风抚过我，有花儿问候过我，让我在黄昏陌生的街头有过片刻的黯然，这就够了。

风情婀娜的拐拐柳，招牌繁多的私人客栈，一溜红的醒目灯笼……进了松潘古城，街两边的景致让人恍惚，像是误入了谁家的小院儿。时值仲秋，甘南大地已渐有寥落之意，松潘街头的花草却依旧茂盛如夏日，心里因此又多出了一份欢喜。尤其心仪那些客栈，以及那些颇有古风古韵的酒铺，我真的迷恋它们散发出来的独特味道。若我是独行天涯的倦客，客栈和酒铺，应是最好的去处——酒铺临窗的木桌上，一壶陈年浊酒可慰我途中的空乏和孤单。大醉或是微醺后，便可踉跄着脚步拐进任意一家客栈，蓝布门帘后面，会有一盏青灯映我和衣而卧……

松潘，实在是一个容易让人胡思乱想的地方。当然，对松潘的想象是老早就有的。我一直希望有那么一天，可以在松潘找到一家带有小阳台的旅馆。哪里都不想去时，就隔窗看风景、想心事、晒太阳、睡大觉，让松潘的风将我彻底灌醉，好心无旁骛地同这个世界隔离。

下班回家的人们擦肩时打着招呼，好听的川音。有鲜艳的石榴和葱绿的蔬菜被摆在街头出售，一并出售的还有家的味道。破旧的人力车上靠着神色散淡的车夫，像民国时期的旧画报那样。偶有衣着时尚的女子从身边经过，扬起的裙角里带着九月的秋风。有人坐在花坛边打电话聊天，有人带了一束嫩绿的小葱回家，有小孩和狗狗在夕阳的光影里奔跑嬉戏——这就是我想要遇见的陌生，就是我愿意感受的人间烟火。一个地方待得久了，心会日渐粗糙和僵硬，会忽略身边的风景和感动。而行走，才是一个人滋养灵魂保持其丰润柔软的最好方式。

倘不是固执和无知，这个晚上我真的可以找一间挂了蓝布门帘的客栈，在古城住下来。可以去隔壁的酒铺里叫上二两花酿，让身心彻底安顿下来。然后，看看窗外浓稠陌生的夜色，和邻桌的人聊聊古城的过往。当然，若心里仍有未曾滤尽的忧伤，可还写一封书信寄给离古城很远的远方。

离开前，在一家银器作坊淘了一枚戒指。镂空的银器上缀了一粒红玛瑙，五十多块钱。未必喜欢，也不一定会天天戴在手上，我只是想留一份关于松潘的念想。期望有那么一天，我能真的成为古城客栈里一个安放长途疲惫的旅人。

川主寺，竟有一座桥叫廊桥，名称来历不得而知。但喜欢它的意境，又想起那部曾让我几度落泪的影片。于是特意留影，像是宿命，廊桥遗梦——我的松潘梦，轻而易举地就遗落在了那里……

雅安印象

一直以为九寨的水距我千里之遥，去年六月去博峪采花节时方知它就在不远的前面，只需穿过辽阔的若尔盖草原而已。这些地理常识的缺失跟我的固执有关。我从来不喜欢看地图，也不看景点介绍。不管去哪里，都希望是在完全不知情的状态下进入，其实是害怕破坏自己的想象。

九寨也是。

但当真正一步步靠近那些声名远扬的海子时，我才发现任何的文字都是浅薄和无力的。那些水都有自己的语言，但它们只跟天空和雨滴交谈。众多如我一样被欲望束缚被名利掠夺被汗臭味熏透的灵魂，一路跋山涉水慕名而来，可面对那些水时，却集体失语。

世界真安静。只能悄悄地道别，然后离开。

抵达雅安时，城市已经亮起了灯光。正好遂了我的心意，就是喜欢一头扎进陌生的夜里，然后待天明时再去一点一点感受跟夜晚不同的惊喜。

九月，雅安的气温依然如盛夏。短袖长裙街头飞扬，我的长袖衫牛仔裤因此招之路人频频侧目。初以为是衣服系错了扣子，看的人多了才知是着装有异。原打算买条裙子凉快凉快，最终还是决定忍着，汗流满面地忍着。陌生的客居者，完全可做一次陌生的标签。在雅安的四天时间里，我几乎走完了全部的街道。很期望自己迷路。在别人的城市里迷路，该是件多么有趣的事。可是没有。最糟糕的一次，也只是进了一条死胡同后原路返回而已。意外收获是，在胡同深处看到了一树开得热闹却叫不上名堂的花儿。

手机搜索雅安好玩的地方，显示有一条女人街。想都没想，出门拦了一人力车。师傅是一中年男子，瘦高个，一说话露两颗黄色的大板牙。我问：去女人街多少钱？他操着好听的川音反问：你给好多吗？不知道远近，我心里也没谱，于是报了五块。师傅痛快地说，走嘛。

师傅的痛快让我误以为报价过高。路上，一边纠结车费一边盯着他飞起的衣襟想，雅安如此山灵水秀草木葱郁的地方，怎么也能滋生出黄板牙？难不成他就是现实版里的牙擦苏？师傅技术很好，灵活稳妥地避让着车流，拐来拐去后，终于停在一个步行街路口：到了，这就是女人街（gai）。付车费时，我尴尬地发现，包里只有四块零钱。问师傅能不能找开一百块钱，他摇头。看看四周，也没有小卖铺替我解围。再翻口袋，又翻出五角。师傅说，行了行了，就差五角嘛。接了钱临走时，还回头笑着跟我道别，两只黄门牙格外醒目。一上午，我心里一直愧疚着，为那少了五角钱的车费。后悔出门时不检查钱包，该提早备好零钱的。原本不坐出租而选择人力车，就是觉得他们更苦，应该把赚钱的机会让给他们。但一想到乘车途中的纠结，觉得自己恶俗虚伪得令人厌恶：人家跑了那么多路，却只赚了四块五。

一个人的厚道，可以看出一座城市的良心。愧疚的同时，我喜欢上了雅安。

离开雅安的早上，阴天。云层很厚，山雨欲来的样子。出城，看到路两旁长满了大片的竹林、美人蕉。还有叫不出名字的花儿，一路蔓延。我来的时候，它们都被夜幕藏在了黑暗中，必是为了离开时，赐我一份惊喜吧。

还看到一个大幅广告牌，上面写着：清风雅雨，幸福安康。

成都片段

优　雅

那应该是我见过的最优雅的男子。

正值中午饭点，成都街头的川菜馆热闹异常。就是在那么嘈杂那么燥热的餐馆里，我见到了一位正在低头读书的中年男子！因是斜对面，又因其专注，我有足够的时间和胆量去观察他。菜上来后，他跟服务员道了谢，声音很轻。又要了两瓶啤酒，又道了谢。之后，吃菜，喝酒，读书，就像周围的世界根本不存在似的。身旁人来人往的喧嚣，和门外车水马龙的噪声，于他都是空白。

那顿饭，他吃得很慢。品酒、读书，偶尔抬起头看看门外，似乎这一整个午后都是属于他的。更令我动容的是，他翻书时的轻柔与缓慢——读完最后一行，他轻轻掀起书角，缓缓地翻过去，用手按一下，才接着看，就像对待一个怕疼的孩子。这样惜书爱书的男子，会有怎样的内心世界？

不知道他手里读的，是一本怎样的书。

他是男人，一定也要承担责任养家糊口，要奔波要生存，但他却让自己如此从容优雅地活着。头顶风扇呼呼，身边脚步匆匆，可是，他没有豪饮杯中的酒，没有风卷残云盘里的菜，更没怠慢手中的书。我再一次相信，我们在这个尘世上的身份，真的与生活态度无关。我更相信，每一个平凡寡淡的日子，都会被他过出精致的样子来。

我离开时，他杯中的酒还没有喝完，书也只读到一半的样子。餐馆门口的那一排老槐树，有零星的树叶和花瓣凋落。

树叶落地的声音极轻，像是怕惊扰了他的专注与安心。花瓣也是。

杜甫草堂

那个院子很大，大到几乎不能称作院子。但很幽静。即便是有了那么多的游客，即便是充满了商业味的喧哗，也依旧幽静。

穿过那些绿荫深处的小径时，偶尔会见到有早早飘落的银杏叶，落寞地躺在那里。

我有意绕开那些关于老人生平的文字介绍，只在那首《独步江畔寻花》面前停留许久：黄四娘家花满蹊，千朵万朵压枝低……字里行间，既有老人未泯的童真，也有着尘世间的小温暖，让人眷恋。

成都的第二天清晨，中雨。空气中愈加有了湿重的逼仄感。在武侯祠和杜甫草堂中间犹豫一番后，我选择了后者。雨里面行走，我更愿意去追随和阅读一位老人的背影。

进了院子，开始漫无目的地走。

大片名称不同的竹林，浑浊的水池里即将凋零的荷，被秋风所破的茅草屋，台阶上依旧葱绿的小草，老人的小院里寂静的石凳……到底有多少景，是老人曾经朝夕相伴过的呢？是那些陈旧的台阶、沧桑的茅草屋？还是花圃里那些叫不出名堂的花儿？

在临湖一处长满青苔的台阶上坐下来。旁边的一棵树，善意地替我挡住了所有的雨。湖水有些浑浊，但雨滴落下来的时候，依旧会旋起小涟漪，一圈一圈的十分耐看。对面不远处，就是老人的故居——院门口的柴扉，不断被游客推开、合上。正在院里掩卷沉思的杜甫老人不停地被打扰，只好套上长衫，起身离开——这纷纷扰扰的世间，哪里才是真正的清静之地？老人拾级而上时，抬头看了我一眼，目光深邃温和。大约，他是奇怪行色匆匆的人群里，怎会有人坐在雨里的台阶上独自发呆……

小径的拐弯处，有一间书屋。一位白衫白发者正在书架前翻阅，腋下夹一把花雨伞。他手里的书，正是杜甫诗集。不知道这间书屋，杜甫老人当年可曾来过？离开书屋时，我带走了一本线装的《诗经》。当然，线装明显是后来补上去的。

雨过天晴，阳光缓缓地落在竹林间，落在阶前的青苔上。跑去老人的小院里小坐时，一直感觉他就在我的对面，棉布长衫，捻须微笑。

羊城一夜

想来真是奇怪：对于初次谋面并相处了一整天的广州，我对她日后的所有回忆竟都源于一场没有尽头的失眠。

在广州这样一座零海拔的城市失眠，实在是无道理可讲。但我真的就被夜空偷走了全部的睡眠且毫无防备。凌晨两点多时，窗外仍有汽车驶过的声音。我跟自己说：不必担心，即使整夜不睡，羊城仍会赐你一个饱满而全新的明天。这样一想，果然松弛不少。平白躺着，索性将白天所有的经历回放重温一遍，算作黑夜深处的行走。

早餐过后，信马由缰地走。因为亚热带季风气候贴心的呵护，料峭的寒意中，街头那些绿植依旧葱郁得好看。一路经过它们时，我的心情是愉悦的。这样的愉悦，可以使我放弃所有的目的性。直到拐了三四条街道后，眼前出现“广州站”三个字。

适逢节后返程高潮，偌大的广州站广场用“人潮汹涌”四个字来形容一点也不夸张。大包小包，进进出出，拥抱和眼泪……到处是别离的伤感，到处是前途未卜的迷茫。一个从来都在刻意逃避别离的人，我竟然无意识地一点点靠近了那个场景，无意识地把自己融到了那个离愁如河流般流淌的场面。

我有幸认识杨，是因为她抱着两岁大的女儿，央求我给她和孩子拍张照片。看上去，杨的脸上还挂着小姑娘般的青涩，问了年龄果然只有二十三岁。她此次带孩子回广州乡下的老家过年，是结婚后首次回家，孩子两岁了，家里老人们都还没见过。杨说，丈夫是她打工单位的同事，两人认识不到一个月就结了婚。那个大她九岁，曾经信誓旦旦承诺会给她幸福的男人，结婚后变得霸道和专制，不只限制她的人身自由，就连她的工资也要代为保管。这也是杨结婚三年还不能回娘家的原因之一。因为对家人的思念，她不止一次地哭肿过眼睛。此次，原本男方答应要陪她和孩子一起回，谁知临到买票时却突然变卦，连个理由都懒得找。杨给我叙述她的经历时，眼泪几乎一直没有断过。行色匆匆人来人往的火车站广场，我面对一个年轻的母亲流出的眼泪束手无策，甚至想不出能够安慰她的好词。只有她两岁的女儿，多次伸出小手替妈妈擦眼泪。杨说，还是结婚的年龄太小了，二十岁的她根本分不清爱情和婚姻的区别。如今，即使知道错了，也已经无路可退，毕竟孩子是无辜的。

杨的车次是下午两点。我送她到进站口时，她满含歉意地说："不好意思啊姐，初次见面我就给你说了这么一摊子破事儿，你不会怪我吧？"我用力地摇摇头，又帮她重新扎了一下松散的马尾，然后一直目送她消失在人流当中。我知道，一个满腹苦水却要强颜欢笑的人，是多么需要一个愿意倾听的人，和一次可以肆无忌惮流泪的机会，哪怕这个愿意倾听的人只是一面之缘的异乡人。

我没有半点责怪杨的意思，但我的心情的确被她弄得一落千丈。有那么一瞬间，我想即刻逃离这个充满了离愁的场所，我担心下一个拉着行李箱或抱着孩子朝我走来的会是又一个杨姑娘。我不是医生，也无力医治人间的很多疾苦。我唯一能做的，就是期望阳光能够公平而均匀地洒在每一个角落，温暖每一个人孤单的旅程。

但是，我却没有逃离，我只是磨蹭着躲进了车站广场附近的一家馄饨店。当然，在广州馄饨可是另有芳名的，叫云吞面。时间已过饭点儿，店里没有多少人。老板娘正噼里啪啦地打着计算器，计算着一个上午的收入。年的余味儿还未散尽，店门口的红对联还能闻见隐约的墨香。我找了个位置坐下，想都没想就跟老板娘说：来一碗馄饨。西北人说话不怎么区分前鼻音跟后鼻音，所以我说的是 hongdong。老板娘抬头瞅我一眼，笑了："美女是外地来的吧？旅游还是走亲戚？"我一向不大喜欢"美女"这个称谓，于是淡淡地回了一句"路过"。我的确是路过。一家人利用春节长假去三亚看海过年，返程时在广州逗留了一天。家人都去了公园玩，只有我，神经兮兮地执意要一个人走走，想体验一下彻底自由的感觉。

我发呆的瞬间，模样好看的服务员已将一碗香气扑鼻的馄饨端了上来。嗯，味道不错的云吞面。老板娘热心地跑过来问味道如何是否吃得惯。完了她又笑吟吟地纠正我说："是云吞面，不是馄饨哦。也不是 hongdong，而是 hundun……"我点点头：嗯，我记住了，是云吞面。这次我说的是 yuntun 而不是"yongtong"。反正也不忙，老板娘索性坐在了我的对面，像个熟悉已久的老朋友那样。她说，她一直很想看看西北的黄土高原，而且她也真的策划了很多次西北之行，但都因生意太忙而泡汤。她又解释说，她因一首《信天游》而对西北产生了向往，所以对西北人也是很有好感的。她一直说，我只好用弥漫着饭香的唇齿含糊不清地跟她道谢，以示礼貌。一碗饭的工夫，老板娘一直在说她计划中的西北行，我不停地回以"嗯，谢谢"之类的词语。窗外，广场上的人没增多也没减少，依旧是拍照的在拍照，话别的在话别。偶尔来一两个客人，老板娘也只是扭头朝后厨喊一声"面两碗……"音调婉转得像是在唱歌。老板娘看上去有些清瘦，穿着也很干净利索，全然不是油腻肥胖的餐馆老板形象。结账离开时，我特意留了自己的电话号码。万一有一天她来黄土高原了，或许我可以帮到她。

在信任越来越缺失的今天，我们已经习惯了在陌生人面前选择沉默或者冷漠。即使面对真相，我们也宁愿选择不信任。可是，在国际化的大都市广州，在人潮汹涌的火车站广场，却有两个女人向陌生的我敞开了心扉。无论是生活的苦楚，还是对美好未来的向往，她们不约而同地选择了信任陌生人。而我所能做的，只能是以更多的信任来回报她们的信任。

我知道，这也是一座陌生的城市所给予我的温暖。这些温暖，足以帮我填满一个被失眠掏空了的夜晚。

春风一缕椰子香

在海口逗留的两天里，我拍得最多的就数大海和椰子树了。而这两者中，我拍椰树尤为专注和用心。我在不同的光线不同的时间段里，分别拍了椰树酣睡、微笑、沉默、喜悦时的样子和表情。

是的，植物有表情也有喜怒哀乐。我在海口闲逛时曾认真观察过八角梅和椰子树，发现它们早晚各时段的表情都是完全不一样的。这一发现让我意外而欢喜，于是用相机拍了很多植物们的照片。

我喜欢椰子树的万种风情。在我想象过的无数种可生长在海边的植物里，唯有椰子树的风韵能够匹配碧海蓝天的浪漫气质和诗意情怀。

来海南之前，在网上看到很多游客都推荐的一道美食叫椰子鸡。香酥鸡、叫花鸡、白斩鸡，我还是第一次听到椰子鸡。因为对椰树多了些偏爱，椰子鸡于是上了我海口之行的美食菜单。在海口要找椰子鸡真的不难，很多特色地方菜馆都会将其作为主打品牌。只是看配料单时我颇为疑惑：椰子配柠檬？那让鸡情何以堪？心直口快的老板娘瞅着我直乐："你们只管放心吃好啦，椰子鸡口味独特，保准是您舌尖上的美食……"

果然，在当晚一桌子的佳肴当中，唯有椰味儿浓郁的椰子鸡被我们吃得干干净净。就连平时口味挑剔的母亲，也是连声称好。老板娘是地道的海口人，一口带有闽南方言的普通话，听起来也有浓郁的椰味儿。就连她眉宇间充溢着的笑容，似乎也有着甜甜的椰子味儿。父亲笑话我说，一到海口整个人都变呆变傻了，见山不是山看水不是水，在一棵椰树面前就失了以往的端庄。

父亲的话一点也不夸张。在海口，我不仅每天跑出去拍椰树，还会每天从酒店楼下的水果店里抱两颗椰子回去痛饮一番，就像是着了瘾一般。我是真的迷恋椰汁里散发出来的那种令唇齿都会生香的淡淡甜味儿，觉得无论那些液体渗入我身体的什么部位都是妥帖安稳的。店老板大叔是个热心肠，每次都会很体贴地替我打开椰壳插好吸管，还关照我椰壳可以带回去，凭个人喜好做各种小摆件或工艺品。大叔说，椰汁是个好东西，可祛风止痛、利湿止痒，含糖量低且富含纤维素，老少皆宜，平日多饮一些无妨。

离开海口的前一天晚上，我去店里跟大叔告别，想顺便带两个椰子回去。当得知我来自遥远的甘肃西部，大叔说什么也不肯收椰子的钱。不仅如此，他还将自己新雕刻出来的一个椰壳娃娃送给了我。我推托不过，只好在临出门前将一百块钱悄悄放在柜台上，哪承想我前脚出门，大叔后脚就追了出来把钱塞进我的口袋。大叔拍拍我的肩膀说："姑娘，一个椰壳娃娃值不了几个钱的，就当是我送给远方客人的春节礼物好啦……"

春风几度绿高原。如今，距离 2013 年已经过去很久了，大叔送我的椰壳娃娃一直摆在我的书架上。不管任何时候从任何角度望过去，娃娃始终眯着月牙一样的眼睛在笑。在我的心里，这个椰壳娃娃本身所具有的意义已经远远超出了任何一件可以用金钱来衡量的礼物。无论过去多久，它都代表着一种信任，代表了吹拂在海口街头最温暖的那一缕春风。

三亚：一朵被流放的云

海水是暖的。是温暖的那种暖。靠近时，能感觉到她张开的怀抱，一点一点包容我。蓝色的海岸线看起来像是远在天际。我眯起眼睛，想努力分清天空与海水，想看清自己面朝大海时风轻云淡的模样。清风掠过时，海水淡淡的咸腥味儿直冲鼻翼。浪花温柔，一次又一次亲吻我的脚丫，令我僵硬已久的身心在春天的海边一寸寸苏醒。我心知，在倾慕已久的三亚，我从一片雪花变成了一朵被流放的云朵……

想去海南的念头很久了，一直因这样那样的琐事给搁着，到三亚看海始终是蛰居心头的一个梦。2013 年春节，终于说服父母和我们一起，离开冰天雪地的青藏高原，带着蓝色的梦想，乘飞机至南宁后辗转三亚凤凰机场。尽管之前心里曾对海南风光做过一万种的想象，但当真正置身于三亚时，我还是被惊呆了：天空之蓝、植物之多、气候之舒适完全超出我的预料。一出机场，立时被大片热带植物好闻的气息给包围，我不停地做着深呼吸，期望能用植物的气息替换掉我体内凝结已久的冰雪凉意。

对于一个向往诗意和远方的人而言，凤凰小镇真的算得上是一个不错的去处。且不说民风的纯朴和慢下来的时光，单凭那些无处不在、让人无限沉醉的绿，就足以让你生出留下来的冲动。在凤凰那几日，我们走遍了每一条街巷，尝尽了各种美味。晨醒，午后，或者黄昏，我一次又一次地往海边跑，因为不可抑制地迷恋着被海风轻掀裙角、被海水亲吻肌肤的惬意。就连夜里做梦，也是在海边流连徘徊。

时令正值初春，青藏高原以南的那个小城虽然在欢度被春天命名的节日，但雪一直会飘到五六月才肯离开。而三亚，春节时的气候最为宜人，短袖加长裙刚刚适宜吹海风、泡海水，适宜在夜幕降临时去逛繁华喧嚣的夜市，也适宜在海边静坐一个黄昏，想想那些长了触角的心事……

有喜欢的风景，有陪伴的亲情，有陌生的温暖，不焦虑、不匆忙，晚睡或者早起都是随了自己的心，这才是我想要的旅行。又一个午后在街上闲逛时，看到路旁整齐划一的广告牌上有“三亚·25度阳光”字样。二十五度阳光，多好！不算热烈，亦不阴郁，应该刚好适合心灵沐浴的安静与温热。那一刻，心里因为二十五度的阳光而生出来一份欢喜。

海滩上的风，终日朝着一个方向吹，温吞而黏稠，时时伸出了舌头来舔你的脸颊。在海边待久了，会迷恋上那一份慵懒和倦意。即使随手乱涂一行字，也不必担心让谁看穿了秘密，一波又一波涌上来的浪花，会让一切消失得干干净净、不留一点痕迹。

谁的海？

在陆地上待久了，会很向往大海。以为海会有无数种可能。以为见了海，就能解决生活中遇到的一切疑难杂症。我承认，我也是这样幼稚的人。

所以，初次去看大海的途中，我的心情是雀跃的。我幻想了遥远的海岸线，幻想了沙滩海浪仙人掌。当然，还有在海边变得像仙女一样的自己……

事实证明，想的和看的，总和现实存有差距。因为真正面对大海的时候，我并没有变成仙女，还无数次被扑上来的浪花吓到花容失色。

真有点叶公好龙的味道。

厦门的天空不及甘南的蓝。海水也呈铅灰色，不及以往见过的好看，但依然喜欢着。人在教室上课时，心里一直念着校门外面的大海，想去海边好好放肆一回。

终于有天晚饭后，有机会去了海边。出厦大白城校区大门再过一座长长的天桥，就能触到海水。惊喜之余，我开始喜欢上这所很文艺范儿的校园，羡慕那些一出校门就能吹到海风的少男少女。波澜不惊的大海，一定能让他（她）们保留曾经的天真，在走出校园以前。

即使晚间，海边的人也多过了我的想象。牵着手的情侣，凹造型的游客，摆地摊的小贩，还有卖唱的吉他手。远处的城市灯火轻轻铺在海面上，影影绰绰，使夜晚有了几分神秘和暧昧。

迫不及待地脱了鞋，一点点靠近海水。看着暮色里一波一波涌上来的浪花，心里似乎也有波涛在汹涌。其实，那是被海水袭击后的快感：一闪而过，真实易碎。假如我能生活在一个岛上，能与海水为邻，我们肯定能够成为最好的朋友。它赐予我的冰凉快感即便易碎，我也会悉心珍藏，以此兑换成平淡日子中的每一个善念或者惊喜。

水里泡够了，又在沙滩上信马由缰。沙子有点硌脚，不及期望中的柔软，但一点儿都不影响我对大海的眷恋。头顶的天空，正在蓄谋一场大雨，还配了电闪和雷鸣。但这又有什么关系呢，反正有海，又不必担心被淋湿。夜幕下，我们各自走散，又很快会合。

海水真的是有无数种可能。

走累了的时候，我们就坐在离吉他手不远的地方听歌。吉他手的生意似乎很清淡。围观的人不少，但老半天才来一个点唱的。其余时间三个小伙子只能自弹自唱自个儿嗨。大约是因为海水的铺垫，他们的歌声听上去立体而空旷。这样的空旷，让我想起了远在千里之外的甘南草原。突然，他们中间的一个直接冲入人群中东问西问：“美女，要唱歌吗？一首十块……”问到我时，我一下子慌了神：“我……可能……唱不好吧。”一看有戏，胖小伙趁热打铁：“没关系的，就是唱着玩儿，反正又不贵。”我征求她们几个的意见，谁知一个个都往后缩，还把头摇成了拨浪鼓。唱还是不唱？纠结了三秒钟后，不知道怎的我就有了冲动：在海边唱一首自己喜欢的歌，不是给大海最好的见面礼吗？于是，稀里糊涂地就冲上去了，顺手还拉了娟去给我壮胆。

本来，我要唱张雨生的《大海》，但最后一刻，我却说成了《父亲的草原母亲的河》，真是莫名其妙。

很紧张。记得娟一直在旁边戳我：声音大点，再大点。记得唱到一半的时候，似乎有过稀稀啦啦的掌声。

管它呢。好不好听有什么要紧？只要放肆过就好了。大海喜不喜欢也不要紧，反正我和它只是萍水相逢，反正大海能够为这世间所有的秘密守口如瓶。

第四辑　时光书

就这样吧，做一个胸无大志的人，每天幻想、做梦、发呆，想象一个永远也抵达不了的远方，借以安慰自己……

虚　度

简单的行李，只带用于记录的相机和纸笔。穿一双质地柔软的运动鞋，便于兴致来时没完没了地步行。

去哪里真的不重要，重要的是付诸行动跳上一辆开往任意方向的车。只要出发，就能碰到心仪的风景。

抵达后，寻一间向阳的小旅馆。这样，靠窗的床铺上才能有阳光的味道，夜凉时好取暖。最好，床头能有一盆植物，胖瘦贵贱都无关紧要，只要睁开眼时它就在那安心妥帖地绿着。

夕阳里随意走走，不拿自己当过客。假装就是这座小城的一员，街道的拐角处有自己的小窝，出来只是饭后的平常散步；假装身边擦肩而过的是邻居，点头微笑；假装会碰到一直牵挂的人，老远看见，心跳得厉害，不知躲哪里才好。或者不必躲，连客套和寒暄也不必有，就近的茶屋坐坐，清茶斜阳，说说生活的琐碎和困惑。还有一些话，要藏心底、捂紧，不让它冒出来，不让它打破难得一遇的空白和安静。道别的时候，假装不会难过和不舍。走远了，还要再回头笑着挥挥手，就像第二天还能再遇见那样。

夜深的时候也不必强迫自己入睡。翻两页闲书涂几笔心情，兴致再好，可画出旅馆天花板上表情淡漠的样子。若还不睡，可赏自己一杯红酒，调入窗外夜色的浓稠，小酌至微醺。允许自己穿着睡衣拖鞋在阳台上一个人舞蹈，不必顾虑明日的太阳会几时升起。

关掉手机微信、QQ，让自己同出发前的世界隔离。谁也不要找到我，谁也不要想起找我。秋高气爽天高云淡，我要收集一壶浓淡相宜口味醇厚的秋色，好告慰冬日来临时无边的寂寥。北宋画家郭熙在《山水训》里说：秋山明净而如妆。这正是我所喜欢的样子：天空、树木、河流及山川，天地间的万物都褪去了繁华的外衣，只剩下干净清冽。而此刻的我，谁也不是，没有肩负的俗事甚至没有名字。除了山野间那些植物的气息以外，我也不被谁所熟知。偶尔，树梢传来一两声鸟鸣。阳光很宽容地依偎着我，靠在脱皮的桦树上打盹……

……

很长时间没去山上了，但我知道那些紫色的小菊花还都开得正好。不似广场花坛里的那些花，一天比一天凋零得厉害，似乎为了要刻意印证季节。每次路过时，我故意装作看不见它们，骗自己说夏的繁盛还在。可是，风吹过来时，我还是不防被秋日的凉意给跄了个趔趄。

就这样吧，做一个胸无大志的人，每天幻想、做梦、发呆，想象一个永远也抵达不了的远方，借以安慰自己……

下雨的时候你会想起谁？

中午那场雨雪，迅疾得像谁来不及及酝酿的眼泪，瞬间就从空中倾泻而下。我在下班途中，没带伞。站在路边打车，却一直没有要挡车的手势，似乎有意要站在雨里把自己淋湿、淋透，不知道为什么。很快，地面上积起了水潭，明晃晃如镜子一般，让人有短暂的眩晕。但我很想一脚踩进去试试。

仰头时，雨和雪结伴纷纷以倾斜的姿势扑向我，像是离别太久之后的重逢。

正值午间人流高峰，突如其来的大雨覆盖了逃离课堂的学生、面目僵硬的大人和路边谋生的小贩。一些撑着伞却依旧仓皇而逃的人和我擦肩而过，像一架又一架被生活打磨过的机器，失去了接受大自然馈赠的能力，哪怕只是一场春末的雨。暗自欣慰，我还未被生活彻底绑架，还对这个俗世存有美好的幻想。至少，还愿意淋一场又冷又急的雨。

排着队路过我的那些孩子是快乐的，像小鸟一样叽喳嬉闹。眼前的雨雪并未损毁他们简单的快乐。他们争相将凌乱的脚步踩进水里，在溅起的水花里感知春天的快乐。

长大，真是一件残忍的事。

雨会越来越少，因为我们会变得越来越迟钝和麻木。幼年里的每一场大雨，都会让我们浑身的细胞为之雀跃不已。除了喜欢做一只落汤鸡外，还可淋雨装感冒借机逃避上学写作业。那时不曾想到，终有一日我们连故意淋场雨的心思也会变得奢侈和稀少。

刚刚过去的四月末的那个黄昏，我弃便车而择火车，从重庆返回兰州，只为了体验一个人的旅程。可我过于乐观地估计了山城的交通，导致开车二十五分钟前才赶到车站。手忙脚乱地进站，取票，过安检。等进入候车大厅时，整个人已完全被汗水浸透。得知火车要晚点四十分钟时，悬着的心落了地——终于可以腾出手抹一把汗了，左手擦完换右手，纸巾用完换湿巾，一刻都不曾停，第一次体会到挥汗如雨是什么滋味。我开始想念甘南说来就来的大雨，想念高原上终日吹个不停的冷风……

好在，这样狼狈的远行没有别人见证，除了我自己；好在，陌生的山城重庆，不会有人记得我拖着行李箱，不顾散开的马尾、湿了的衣衫和脱开的鞋带，在黄昏的火车站广场一路狂奔的样子，除了我自己。只有我，会一直记得那些落在身体里的大雨。

一些往事，会在时间里慢慢变成一张单薄的 CD。比如重庆和兰州，我会记得它们只隔着一夜的距离；比如火车上的那一夜，我反复听石进的音乐一直到凌晨……

下雨的时候，你会想起谁?

远方的寂静

1

没有风的时候，树叶也在一片一片往下落。绿的，黄的，枯萎得缩了身子的。但它们坠落的速度都很缓慢，能看得出不舍。

比起山楂和银杏，梧桐的树叶要落得更多一点，但声音很轻。叶子和叶子彼此碰撞，也只是发出不易察觉的“呲”声。可它们飘落时的姿势和表情，分明那么销魂。

连续几天雾霾，园子里听不到虫鸣。没有月光，亦无星空可以仰视。即使这样空寂，我还是喜欢坐在冰凉的台阶上，听一阵梧桐的树叶跌落草丛时节制而富有质感的“呲”声——那么轻，却是能真实地表达出来的声音。秋月梧桐，说的就是它们了吧？一片叶子告别秋天，紧跟着无数片叶子步其后尘，纷纷别离。我曾着瘾般一遍一遍地反复听，直到曲子里慢慢渗透出来的忧伤将我五花大绑不能呼吸。那时不会想到，有一天我会跟秋月的梧桐有这么一段独处的机会。而它必定明白，我沉默，是因为有些孤独感太需要借助某种东西来驱散。焦虑是，念想更是。

2

台阶真的凉，不能坐太久。起身要离开时，脚步却还在犹豫：如果我回屋睡去，那么眼前的光景将不会再被重复也不能够被我所梦。一夜之间，植物们老去一点我亦会老去一点。如果我睡去，所有美好的事物都会头也不回地悄悄溜走，带走细节的真实，只留下回忆，丝毫不会垂怜于我的难过或悲伤……时间走过的声音，分明比树叶还要轻，可它却布满了锋利的锯齿，刺得人疼痛难忍。

3

餐厅的背后，是一大片笔直整齐的竹林。它们刚好把餐厅宽大的窗玻璃装满，人感觉像在画里一般不真实。立冬已过，它们却依旧绿得醉人。每次用餐，我会刻意地选择面对竹林的位置。只要一抬头，就能清晰地感受到它们给予的无限温柔。

我的前生，该是一株植物吧？不然，我每次面对绿色时怎会有如此难以割舍的情绪？

那么茂密、那么好看的竹林！嵇康在吗？我想和他说说话。

4

清晨寂静，忽有空荡的钟声在林间响起，像来自远古。问了旁人才知，山上是有一座寺院的，叫圣泉寺。那么，寺里必定住着道士或尼姑吧。我很想给这座山另起一个好听的名字——屈指几天，它让我有了强烈的存在感和依赖感。

隔天中午，忽然起了风。风不大，却卷着梧桐叶迅疾飘零、四散分离。依旧轻，听不到一丁点声音。我在屋里，只能隔着窗玻璃看那些好看的树叶相继被风带走，像一场悲怆的别离。可是，所有的分离，都应该来得及道别、来得及回首才是啊！

5

这样的地方，其实更适合隐居修行。

若是在背后的山上，搭一间简单的小屋呢？简单到连篱笆围墙都不必有。但得有足够大的窗户，能装得下一屋子的月光。靠窗的位置，放一张青草编成的小床就够了。离开现代文明的圈养，生活里真的无须太多物质的东西。每天，露水煮饭，用收集的阳光取暖。想念谁的时候，靠在粗糙的门板上发阵子呆就好。一天，一天，光阴会慢下来，慢到和我的心同步。更欣慰的是，屋子周围的植物们，都已渐成我的知己。它们懂我，胜过我懂自己。时间久了，我的衣襟、指间、发丝、目光里，全都沾满了植物的气息和月光的味道，寡欲，但不薄情。而这，正是我一向所贪恋的。时间再久，若有俗世里的友人念及，可在落雪前来探访。我只是隐居，并非遁入空门。你来，轻叩柴门就可以了，不必太正式，因为我害怕任何形式的离别。酒，是我用清风晨露亲手酿成的；菜，也不过是几颗新摘的栗子或山楂，随意就好。如果愿意，就住下来，让我做你的芳邻……

晚　安

夜色缓慢地暗了下来。若能静心伫于窗前，便可享受到这样的慢：先是逆光的山形逐渐模糊起来，接着是远处的建筑，然后是一个又一个亮起的窗口，最后才是缀满星星的天空。

这是一段很让人着迷的时光。宇宙趋于安静的同时，我们体内喧嚣的杂音也逐一被清除。心跳声开始变得规律，呼吸也慢慢恢复均匀。要不是性急的城市早早就闪起霓虹，我们完全可以忽略黑夜的到来。特别是那些失去睡眠的夜里，会更怀念这一段藏在白昼和黑夜夹缝里的时光。

失眠的时候，会反复想到“晚安”这个词。也只有尝过失眠之苦的人，才能体会到这两个字的美好吧。有时是突然醒过来，有时是直接没进入睡眠状态。不管愿不愿意，高速运转的大脑系统带着你四处蹦跶流浪，让你困在一些完全没有逻辑的人和事中间左冲右突却无法自拔。时间开始慢得像蜗牛，明明过去了有一日那么久，时针仍停留在凌晨两点半。隔一日再看，仍不过是凌晨三点。眼睛酸疼四肢乏力辗转反侧，却没有一个合适的睡姿肯带你入睡。即使窗外铺满月光，你仍是痛苦不堪的泅渡者。夜凉如水，抵达黎明的路途太过遥远和漫长，月光亦无法帮你。

于是想到“晚安”。

晚安，真的是一个很有温度的词。它不似“快乐”那么敷衍，也没有“幸福”那么空洞。当你轻轻道出“晚安”时，心里一定是念着对方的，至少是从心底里希望对方安宁、好梦。即便是对着浩瀚星空里的一颗星星说晚安，对窗台上的一盆植物说晚安，你的态度也必定是虔诚的。因为，夜晚是我们避开孤独、不安、焦虑、思念等诸多困扰的唯一港湾，也可让我们忘掉白日里所有的仓皇和狼狈。

……

晚安，窗外的夜色。

晚安，照亮千山万水的月光。

奢侈

每次午睡醒来，看到的都会是窗外蓝得深邃，深邃到寂寞的天空。有时候有云，一两朵；有时候没有，就只剩下空荡荡的蓝。

似乎在甘南，能拿得出手的就是天空的蓝，和大地的无垠广阔了。

阳光倾泻而入，铺得满床都是。被单细密的纹理中，全都渗满了阳光好闻的味道。如果没有梦，很愿意一直那样保持着最慵懒的姿势，看阳光一点一点地斜过去。可惜很多时候，短暂的午睡也会被一些伤感莫名的梦给挤着撑着，醒后只顾着收拾那一圈一圈惆怅的涟漪了。

阳光细小的分子若能渗入我的骨髓，它一定能感知到这样的惆怅。有时想，它们要能进入我的血管多好，把那些愁绪全都驱赶出来，让我的血液里从此只剩阳光的清新和妩媚。

每次午睡前，会读两三行文字。元旦那天，从“三味书屋”碰到龙应台和儿子的家书集《亲爱的安德烈》，算作给自己的新年礼物，午睡时放在手边翻。晨间偶尔穿插着读田园同学一起带回来的《愿无岁月可回头》，说的是端午猫和妞妞狗的故事。也有作者本人的童年故事，都是

90后才喜欢的那种文风。所以，她读得很认真，我读得很敷衍。代沟真的是一条沟，你忽视，它仍是存在的。

一直喜欢的，仍然是那些喜欢了很久的文字。读了很多遍，还是会习惯性地放在枕边。临睡或者晨醒时翻几页，像是一种无声的陪伴。叫作2016年的光阴已经走了，那些文字还是被我一如既往地喜欢着，不曾改变。就像木心。很多时候，觉得自己读书的目的，只是为了寻求一些温暖，借以躲避一些世间的寒冷。奇怪的是，碰到好的钟情的文字时，又会刻意放慢节奏地读。停顿，甚至躲开两天，就像对待小时候偶得的糖果一样。若是哪次忍不住读多了，会觉得太过奢侈而生出些愧疚。其实心里明白，不读书时溜走的那些光阴才是真正的奢侈。谁跟时间的擦肩，不是每一秒都在诀别？

新年已经是第四天了，对2017这几个数字依然有着强烈的陌生和排斥感。窗外的天空，也还是2016年那样的蓝，但是，旧年真的已经过去了。奔波忙碌一年，回首时仍茫然。

此刻，窗外的广场因夕阳的清澈而有了斑驳的透明。有很多明亮的光一层层弥漫上来，意欲问候或抚摸过往的路人。但是，很多人过去了，一直都没有身影为这些光影驻足停留。

世事纷纷，不知道谁还愿意记得：这世间所有美好的东西都是奢侈品。比如阳光、空气，比如爱情。

春天的小辫儿

突然间，丁香花都开了。院里的，广场的，呼啦啦开成了一片粉一片紫。远远看上去颇有几分虚幻和神秘。

每天里，似乎只有路过这些花儿的时候，心里才会生出一丝愉悦。为着这短暂的愉悦，我很愿意故意磨蹭着放慢脚步，不停地深呼吸，用这些花儿的芬芳来安慰自己。那一刻因为有它们，我愿意去忘记所有的人和事。

丁香花的花瓣，很像我小时候吸吮过的咪咪花。淡紫色，或粉白色，在春天的田野里开得一丛一丛的，也似丁香这样有着好闻的味道。有耐心的时候，会站在树底下一瓣一瓣地摘着吸吮，充分享受花香一点一点渗入味蕾的幸福感。大多时候，我们只是吸过两三朵后，就粗暴地连树枝一同折下来，带回家准备慢慢享受。

还有一种黄色的花，体形修长，味甜而清香，像是大一号的咪咪花。不知道叫什么，于是被我们统称为咪咪花。因其颜色惊艳，更多时候被带回家插在玻璃瓶里玩。推开门，一屋子的花香弥漫，令人神清气爽。

现在才知道，喜欢花儿，也是缘于心底的乡愁。

可是，很多东西丢了，就会像我们走远的童年，怎么都找不回来了。

前日去城郊采访，在一农户小院儿里见到一树怒放的碧桃，浓烈的玫红色，看上去开得异常努力和热烈。身旁的人们纷纷掏出手机拍照，直夸主人照顾得好。可是，别人兴奋了老半天后，我才醒过神来："甘南的花儿，真的开了吗？"

嗯，真的。巴掌大的小院里还有两棵樱桃也正在花期。当然，倘若主人不说的话，我是认不出那是樱桃的。

一个离开故乡太久、丢了童年太久的人，心底的热情已被所谓的生活掠夺得所剩无几。

相比较而言，我还是喜欢丁香和咪咪花多一点。碧桃太过浓烈招摇，像一种毒药。人至中年，真的会越来越迷恋简单：素颜的女子、低调的植物、简笔的画作，还有无须太用力就能保持的人际关系……

一直试图放下手机离开微信，但又开通了个人公众号，不知道为什么要这样。也许，我的身体里还住着另一个自己。两个人抗衡的过程，就是我不快乐的根源。

按照时令，春天已经离开了。那些盛开的花儿，只是我揪住不放的春天的一些小辫儿。少年时的我，也有两根粗粗的小辫儿。如今，只剩下单薄的回忆了。

接下来的日子，忘了自己吧。

好好写字，好好关照它们。

琐　碎

“你即彼。除你之外，并没有另外的见者、听者、思想者或行动者。”此句话后面注明来源为《奥义书》。原谅我薄才又寡闻，只能求助无所不能的百度。百度说：《奥义书》是印度最经典的古老哲学著作，用散文或韵文阐发印度教最古老的吠陀文献的思辨著作。

难怪如此晦涩难懂。

当初从李城先生书架上抽出《人的宗教》时，酒至半酣的诗人扎西才让很认真地劝我：最好不要碰这本书，不然你就没有心思写作了。这么厉害？于是毫不犹豫地带了回来。我是真的想读读看，万一真的从此断了写字的念想，也算是此书解救了我呢。

一起带回来的，还有沈从文的《湘行散记》。

一个注重仪式感的人，每次面对一本新书时总要做出正经八百的样子。可是，即使很郑重地开始了N次，《人的宗教》还是没能读完一半。倒是沈从文和木心的书，反复读了很多章节。

《人的宗教》说：水能自己喝干吗？树能尝到自己的果实吗？

沈从文跟三三说：三三，我幸福得很，有了你，我什么都不缺少了。

木心是个内心温暖外表凛冽的人，爱情里显得尤为悲怆和决绝：另一些人，扮演你入我梦中，哪有你，这样好，哪有你这样你……

一个怕冷的人，更容易迷恋温暖而拒绝思考。尘世间有了这样的暖，类似“我是谁以及从哪来到哪去”这样头疼的问题似乎都不必找寻答案了。

男生里，喜欢金岳霖要比鲁迅多点，喜欢朱生豪要比金岳霖多点，喜欢沈从文要比朱生豪多点。最后发现，喜欢木心先生要比他们都多一点。

他们留在这世上的温情，可替我们抵挡一些突如其来的冷。他们的文字，就像阳台上这些开花或不开花的植物，总能给人一些慰藉。

于是，《人的宗教》成了一本翻开后被冷落的书。尽管它很负责地告诉我：人类真正想要并已经拥有的东西分别是享乐、成功、责任和解脱。

冬至后，日子一天天变长。无雪的时候，天空依旧是心如止水无欲无求的蓝。每次仰视，心里莫名会冒出青草样的惆怅。

可是，反正去不了凤凰去不了乌镇去不了想去的远方，惆怅什么呢？

每次置身黄昏的街头时，都要忍不住揣测一番：

这吹了又吹的风，到底是来自空寂无人的当周沟口，还是遥远的九曲黄河第一弯？

寡　言

岁末的熙攘纷繁与各式喧嚣，只是让我小小的感慨了一下后，又恢复到呆若木鸡的状态。被耗尽的一年光阴就像一颗小石子，只在我心里起了一个小小的涟漪，甚至连回首也不愿有。事实上，回首又能看到些什么呢?

旧年的最后一个周末，暮色里乘了公交车去赴同事的聚会。亮起的街灯里，小城又给了我不一样的陌生感。那些挟裹着寒风路过车窗的行人以及招牌各异的店铺，甚至一点一点暗下来的天空，都像是我所路过或见过的陌生。为着这样的陌生感，我很愿意车子再慢一点路途再长一点，让那些不停地上下车的人们在我身边再多逗留几分钟。如果碰到需要打招呼的人，我也希望对方能假装对我视而不见，让我继续在虚幻的陌生中前行。

这一年看了几场电影，高出期望值的有，大失所望的也有。一些片子言过其实的炒作，应该归功于国人功利浮躁的心态。《芳华》中一些细节的处理很好，不像其他影片那样粗制滥造而不顾及观众感受。理应这样，毕竟是严歌苓和冯小刚联手。更喜欢的是印度片子《摔跤吧爸爸》和《小萝莉的猴神大叔》，尤其是后者，给了我一次放任流泪的机会。这些片子的好，在于以温暖取胜而不强加于人任何价值观，更符合正常的人性。

依旧向往着终南山的那些隐士。居茅棚食野果饮山泉，听雨看雪清晰四季，身心舒展不受任何束缚而真正合二为一。倘若能去，养两只狗喂三只鸡，种半亩蔬菜跟粮食，栽几株花草，布衣素食躲开尘世的纷扰……想想过去的这一年，还真是没少做这样的梦呢。若不是自己生性胆小如好龙的叶公，说不定真就去了。不管是我病了，还是这个尘世生了暗疾，总要有一个去做康复治疗。这样没完没了的僵持与对峙，总是一件痛苦的事。

年底，很多人照例又在总结回顾，盘点收成展望未来。而我，照例是茫然而懵懂的。这一年，除了像陀螺一样工作以外，种了多少可以喂养自己的精神食粮？应景写了一篇小说，虽得大家看好和鼓励，终是一拖再拖没有寄出去。倒是试寄给《安徽文学》的一篇，回复过了初审，于我而言如同做梦一般恍惚。《散文》是我喜欢了很多年的杂志，被她收留，也算得今年最好的安慰了。那些小诗歌小散文换取的小奖，完全不值一提。朋友提醒我：自由表达比发表或名气更为重要。我非常认同这个观点并决定继续做一个能够自由表达的人，说出想要说的话，其余的都交给时间好了。

新的一年，继续保持植物一样的寡言吧。唯有沉默，会带给灵魂更多的空间与自由。

今日记

十一月八日，记者节。早起后，发了一条朋友圈。认真地挑了图配了文字，很真诚地向新闻战线的老前辈和同事们致以节日的问候。如我所料，很快收到呼啦啦一大片点赞声和祝福声。出于礼貌，我逐条回复致谢。

一个潜水很久、既不发声也不点赞的人突然出现，我自觉多少有点不安。就像欠了很多人情一样不安。

也许正是这样的不安，使我越来越厌倦和排斥微信朋友圈。

我是个不喜欢敷衍的人。无论是敷衍人或是被人敷衍。以前混圈儿的时候，喜欢的文章或形式，我会认同并真诚点赞。不喜欢的，会绕道或选择沉默。现实已经够让人憋屈了，我希望在这方天地里能活得从容自我一点。

事实证明，我还是过于天真和乐观了。微信朋友圈，并不比现实的江湖清净雅致多少。手指下的这个微观世界，仍然要受制于礼尚往来的传统文化。只要你冷落对方发圈超过两次以上，对方肯定会跟你形同路人：既然你不给我点赞捧场不买我兜售的三无商品还不替我投票拉票，凭什么我要跟你保持联络？于是，微信通讯录里的很多人名存实亡，但他们确实如藏在暗中的窥视者那样，一言不发地留心着你的言行举动，分享着你的阴晴雨雪喜怒哀乐。碍于面子，你删不得又蔽不得，还得让人家占着你的沙发板凳。

朋友圈里的朋友越来越多、名单越来越长，可是，真正能听你说话唠叨的，又有几个呢？很多人根本不看对方发的什么内容烹的何种鸡汤就第一时间点赞，不惜为空洞的赞美耗费时间也不顾及对方尴尬与否。更有半小时前在圈儿里又是给你点赞又是拥抱看似极其亲密的人，半小时后大街上遇着却能装作视而不见。功利心，实在是一种杀伤力强又易于传染的病菌，连网络也不放过。

很多萍水相逢拥有一面之缘的人，都会很热心地互加微信以表真诚。然后，就没有然后了。

我们的人生，真的沦落到表演的这一步了吗？

厌倦。头疼。干脆潜入水底，避开这个指尖上的江湖。我情愿陷入无边的荒芜。我原本就是一个不问世事的弱女子。

补记：

昨天夜里，莫名失去二分之一的睡眠。

早上，连着跑了两个采访，像是为了印证这个节日。

午睡十五分钟。醒后靠着阳光发呆五分钟。

下午路过洒水车时，看到了彩虹。

冬天的阳光，宽容得令人忧伤。

禅定寺

寺院建在山坡上，因此有着一个恰到好处的高度——站在门口，可俯览县城全景。

红色的大门总是敞开着。风想什么时候进去就什么时候进去，阳光想什么时候离开就什么时候离开。谁都知道寺院里，有一颗慈悲宽容的心。

但每次去，我都显得仓皇匆忙。是那只笨重的相机，限制了我的身份和自由。

其实很想一个人去一次。也不观光游览，就想在寺院里找一个墙角或一片树荫，自己坐坐。

来转经筒的人，大都是超然物外或者忘我的。午后的阳光斜下来，落在屋檐上，照着他们在经筒前一闪而过的身影，经筒随即就吱吱呀呀地叫唤起来，像尘世间悲伤的呻吟。但人和声音都会忽略我的存在，这才是我想要的。

如果一群在寺院屋檐上打盹的鸽子因为某个同伴的意外提议，突然飞去了另一个地方，我也不会责怪它们起飞的声音打扰了我的白日梦。它们的自由，正是我所渴望的。

我不能遁入空门，但我愿意并需要在这样空荡寂静的寺院里放空自己，清理掉一些杂音。我渴望，能以入定的姿态忘了周围的世界。

除了转动的经筒之外，一切都是静止的：阳光、风、鸟儿的翅翼、山坡上的经幡。

一直就那样坐着。直到阳光渗入宁静，一寸一寸地把我丢在黄昏的树荫里。直到我忘记了时间，忘记了自己的存在。

偶尔从我身边路过的那些红衣喇嘛，也不会讶异我的存在。他们看上去目光沉静、身形清瘦，像是活在这个尘世之外的人。他们不会好奇地问我的来处和去处。彼此不打扰，是他们对这个俗世最好的尊重。

寺院，真的是个好地方。

那年秋天，正是八瓣梅开得热烈的时候，我几次意欲去山后那个小小的尼姑寺看看，但都因这样那样的缘故没能如愿。听说那个小寺里，只有一老一少两个尼姑。小寺也是寺，只要她们能够收留我，让我安安静静地待几天，就足够了。最有希望的一次，连出租车的价格都谈好了，仍是没去成。我想，一定是我的诚意不够。

念头还未搁浅时，一场意外到来的雪，提前结束了高原的秋天。

隔年，若我再去禅定寺，屋檐上的那群鸽子会不会还能记得我？它们愿不愿意教会我，要以怎样的洒脱和健忘，才能挨过这个崭新而漫长的冬天？

小　调

1

一株草不为人知的孤独，是非常美的。但我打赌，你一定没有认真观察过。

通常，人们更喜欢花费时间和精力去欣赏或歌颂盛放的花朵，而不会停下脚步对一株呆萌不起眼的野草留下问候。除去花比草的美丽，也有人的从众心理。

我当然也是从众的、人云亦云的。但更多时候，我更喜欢做那样的一株草，一个人在角落里待着，不为人知。因为我所留意过的草，大都显得羞涩，但发出的都是自己独特的光芒。

在乡下，被称为芨芨（jiji）草的那种纤瘦植物，是最熟悉、最常见的草了。没见过它们开花，但会结跟燕麦相似的草籽儿，从春天发芽一直长到秋的最末，一直都是羞怯模样。我最初喜欢它，是因为它的清瘦很吻合女孩子的形象，又觉它的胆小自卑像极了幼年的我。我抽出它的身子编那种乱七八糟的蚂蚱笼或戒指时，它从不知道挣扎和反抗，一副逆来顺受的样子。

小时候家里养过的那头牛，曾经很喜欢吃它的叶子。它的叶子边缘有细细的锯齿。后来，我知道那里面住着一个鲁班。

2

看守小区公厕的那个中年男子，养了一盆花。每天阳光好的时候，他都会把花端出来晒在窗台上，傍晚再端进去，不厌其烦。我每次路过，都会没来由地被他的举止感动。

有时候，看到他蹲在放有花盆的窗台下，给一个三四岁的小女孩梳辫子。每次梳头时，他的旁边都放有半盆清水，小女孩的每一根发辫儿因此都被梳得溜光水滑一丝不苟。干净明亮的阳光里，他的神情非常专注。有着满头发辫儿的藏族小女孩很美：牙齿洁白、笑容清新。那一刻，窗台上的花也开得很美。

去草原深处的牧区采访，碰到一个十五六岁的少年，穿很破旧的衣裳，坐在拖拉机上迎风高歌。装满了牛粪干的拖拉机在草地上颠簸前行，一脸春风的少年，和我擦肩时忽然吹起了好听的口哨。

我注意到他，是因为他的鬓间插了一朵怒放的野花。

那一瞬间，我觉得摊在眼前的生活，也许并没有我以为的那么糟糕。

自　省

有个朋友集中读了我几篇博文后在电话里说：如果不是忧国忧民的大情怀，你一定患了抑郁症……

前不久，又有博友发纸条给我：祥林嫂是先把自己哭死，然后才哭痛邻居的……我不明其意，纸条问：嗯？他回：嗯！

我于是反思，是不是自己的文字真的太过沉重和压抑了？

我承认，我是一个积极的悲观主义者。一直都是。且这些悲观成分随着年岁的增长而日益递增，就像一片缓慢移动的汪洋，一点点覆盖着我对快乐曾经浅薄的认知。

但是，我更得承认：我的内心深处依然有着大面积的阳光明媚和春暖花开。虽然莫名忧郁又容易低迷，但我更喜欢一切积极向上的人或者事物。我迷恋清晨挤破窗帘的阳光，喜欢啁啾于窗外的鸟鸣，喜欢岳云鹏的相声马未都的调侃，喜欢花花草草小狗小猫，喜欢干净温暖或者令人捧腹的文字……

后来我发现，其实我具有多重的分裂性格：独处的时候，我是内向的、缓慢的、忧郁的、柔软的，内心像铺开了的原野一样广阔无垠；跟默契合拍的人在一起，我是快乐向上的向日葵；面对陌生时，我又会因为抗拒而显得沉默和僵硬……

性格里的洁癖也是有的，不喜欢的人或者事，一直都不喜欢，从小到大都没有改变过——比如戴鸭舌帽的男子和盘发髻的女人。对待文字也是，不喜欢的风格，瞄一眼就有了抵触。

很可悲，在这个看似无所不能的智能时代，依然上演着“皇帝的新装”。但我明白，我应该像身边的大多数人那样捂上自己的眼睛，然后学会人云亦云八面玲珑，学会在真相面前处乱不惊——求同而不存异，才能过得像大众一样快乐。大众化，一个多么美好的诱惑啊！面对这样的诱惑时，我实在不应该还保留自己那点可怜的清高和矜持。哪怕毫无情感色彩，我也理应满脸堆笑地跟每一个清晨说早安。

“无义的强盗坐一旁，立逼梅英表家乡。奴家住涿州在范阳……”

每天，听一遍《花亭相会》算是最好的放松了，从骨骼到心情。秦腔剧里，这个算是喜欢了多年依然没有厌倦的本子了。大约因为，它跟俗世里的爱情有关。

又扯远了。

给自己的信 I

夜幕降临的时候，街头新挂出来的灯笼就有了虚张声势的红。虽然灯笼不是旧时模样，灯光也不是旧年的灯光，但毕竟多少有了一点过年的意味。

街道里的人和车，雨后春笋般突然冒出很多。人人都是大包小袋地往家里扛，好像年是一个巨大的仓库。其实，这些人多半都来自邻近的乡下。住在市区的居民大都是候鸟，逢年过节都是注定要飞往别处的。就像你一样。所谓羚城，就是春节的时候只剩下几只守城的羚而已。

人群熙攘，最开心的仍然是孩子。无论岁月如何变迁，春节对于孩子们的诱惑大约都是一样的：仍有新衣服要穿，有压岁钱要收，有烟花和鞭炮可放，烦人的作业也因这个节日的隆重暂时可以抛之脑后……

看着孩子们雀跃的身影，你的心里生出无端的羡慕来。年幼无知，大概是人一生当中最幸福的时光。因为年幼，天地万物都能原谅和包容他们的无知。痛了能够放声号啕，乐了可因得意而忘形。想到终有一天，他们也会长大，成为这世上最孤独的人群，你又觉得无限悲凉。因为这样的悲凉，尽管风那么大，人声那么喧嚣，你还是会无意识地在人群当中发呆。可是，你的呆和周围的行色匆匆，有着明显的错位。好在这个世上，连风都是异常忙碌的，更不会有人注意到你的另类，察觉到你内心的悲凉。

你总是自以为是地把希望寄托给未来的日子，以为到了年末岁尾可以放松一点，可以有一些属于自己的时间干一些自己更喜欢的事。事实上，越来越多的事情堆着挤着，使你恨不得把每一天的时间掰成无数块，分别摊给工作和家务，再剩一点给自己。始终都像陀螺一样忙碌和无畏的你，突然就有了妥协之心。你很愿意非常诚恳地向这样忙碌的日子求饶，你想逃。你想找一个踏实的屋檐来遮风避雨，安慰自己疲惫的身心。可是，你属于你吗？如果不是，那你到底属于谁？也许这样的疑问，根本求证不到答案，但它让你越来越怯于跟周围的世界有交集、交流。

中午下班途中，明晃晃的阳光铺了一地。那样明亮的阳光，只能春天才会有。你忍不住感慨出了声音：今天的阳光，很有春天的味道啊……可是，你是说给谁听的呢？谁会在意你眼里的阳光有没有春天的味道？所有人的匆忙，都只是为了奔向最终的目的地。只有你，才会在这样的小细节、小情绪里不断地折磨、掏空或者填满自己。

一下午跑两百公里还要拍照写稿，人像散了架一样累。其实完全可以不理自己倒头睡去。可是，万一这些话憋在心里生根发芽了怎么办？毕竟春天很近了。毕竟，你已经闻到了阳光里布满关于春天的味道。

给自己的信Ⅱ

大风。窗外一些轻飘的东西看上去摇摇欲坠。

你在意的其实不是这些。即使没有风，这世间还是会有很多摇摇欲坠的东西。你不安的是，很多你愿意或不愿意的事情，都排成一长串等你去解决。而你，却选择在昏沉的睡眠中送走一整个下午——即使你知道没有那些乱七八糟的梦来打扰，你醒后的情绪也不会好到哪里去。

你似乎已经习惯，给你和另一个自己之间砌一堵墙，隔绝她们之间的交流。这堵墙你自己看不见，但它一直都在。

好了好了，不要总是这副伤春悲秋的愁苦模样！你不知道现在过的每一天，都是你余下人生里最年轻的一天吗？！

可还记得“5·12”汶川地震后，你和同事们被派往舟曲采访时的经历？和汶川直线距离最近的舟曲，灾情之重远远超出了你的想象。那一周，漫长如一个月：持续高温、频繁余震、混乱无序。你们每天走很远的路爬很高的山去受灾最严重的村庄采访，夜里回来赶稿，还要时时防备高频率的余震……每天和男同事们一起跋涉熬夜，甚至要比他们记住更多的采访细节，甚至有男同事病倒时你还在坚持，你开始佩服自己的体力和毅力，直到你也倒在床上，饮下那支味道怪异的藿香正气水。你当然更记得九死一生的八楞乡之行，记得暴雨过后的夜幕下，返程时那一弯又一弯泥泞不堪的滑坡路段，记得车子抛锚后你们在泥泞中推车步行的艰险，记得抵达舟曲县城凌晨时分昏暗的灯光……

这些年的记者生涯，越来越多的经历让你明白，记者是一个根本不分性别的职业。不会有人因为你是小女子，就会对你多出三分的呵护或五分的偏袒。所以，你还苛求这个世界什么呢？你应该继续和这个尘世保持适当的距离，继续保持你的敏感隐藏你的脆弱，继续保持一个傻瓜应有的天真。

你瞧，风多任性，带来那么多不知归期的云遮住了天空的蓝。但它终究还是要散的，也许就在你睡去的深夜或初醒的清晨。所以，你要始终记得为自己的内心腾出一片干净的天空。这样，阳光的温暖和月光的清澈，才能随时住进来。

就像你要记住一路走来，那些遇到过的细碎的温暖一样。

能不能带走一片云彩

从寄住的酒店出来，走几步就能看见马路斜对面的中国文联大楼。楼的一角隐在枝条稀疏的树木后面。有一部分字也是。

那个楼里面的人，写文章的时候会有什么样的表情？站了半天，觉得自己有点傻。

北京的树也不像甘南的树，似乎长得要更好看一点。时值隆冬，竟还有未曾掉落的叶子蜷缩在枝头。有人路过时，它们连眉眼也懒得抬一下。阳光洒下来，落进胡同里，照着寻常人家的寻常生活。屋是老屋，树也是古树。这些元素让每一条小胡同都朴素到亲切，你完全可以想象自己是回到了童年的村庄。靠在门口椅子上晒太阳的大爷，还穿着手织的那种粗线毛裤。你以为那就是你已老去的某位亲人。倘若再有鸡飞狗跳和屋顶上的炊烟，你就真的回到童年了。人生，就可以像多米诺骨牌那样，推倒重来。

很想一整天都在胡同里穿行，不去找寻出口。想一直沉浸在这样的想象里。虽然一样少雪，北京的冬天却要比高原的诗意很多。至少甘南没有树叶枯了以后还能待在树上。一个冬日雪天清晨出生的人，骨子里多少带了点傲气。但在北京街头温暖的阳光里，却一次次贪恋自己被光线拉长的影子，不肯挪动返程的脚步。想来，傲气的人也是会对自己妥协的，哪怕只是偶尔。

胡同深处，有一女子支了个小摊，卖一些袜子帽子口罩之类的生活用品。虽然顾客寥寥，但明显为胡同生活增添了不少烟火气。小摊小店儿撑起小日子，这才是真实的俗世应该有的模样。走着，心里暖着，以为自己也是其中的一分子。以为再走几步随意推开一扇门，就可以到家了。屋檐低矮一点没关系，陈设简陋一点也不要紧，屋顶上长几棵杂草出来还是风景呢。只要屋里要相守终生的那个人，有一双温暖的眼神，和一颗更加温暖的灵魂。

一些高出屋顶的树，看上去更像是一幅简笔素描，在无雪的冬季兀自优雅着。

倘我答应离开的时候不难过不回头，能否，允许我带走一片等在胡同口的云彩？

春　尽

清晨六点，阳光和植物们都醒了，人还没有完全醒。街道空旷得只剩下风和草尖上打盹的露珠。哦，远处依稀有环卫工橘色的身影在忙碌。空气里充斥着浓重的泥土混青草的味儿，让人有一丝恍惚。

这是被昨天夜里那场暴雨疯狂洗劫过的街道。

昨晚那场性情暴躁的雨，落得异常仓促。我下班回家的路上，也还只是零星的雨点，不过雨点比平时大一点而已。有几滴砸疼了我，有两滴还在我的衣服上洇开了图案。起初我以为就是虚张声势的落几滴，所以很从容地在面包店买了面包，又从街头小贩的手推车上挑选了新鲜的荔枝和樱桃。到家的时候，也不过是发梢有一点点湿。

可是三五分钟后，窗外突然电闪雷鸣，雨点骤然间变成白色的冰雹一齐扑向大地，砸得窗玻璃发出碎裂般的呻吟……几乎是瞬间，整个世界就成了白茫茫一片。随后，冰雹又转为瓢泼大雨，持续了很久。再后来，从微信朋友圈看到，羚城的街道都变成了波涛汹涌的河流……

雨后初晴的天空，清新得令人迷恋。蓝也是铅华洗净的那种蓝，仿若无人窥视过的大海一般。如果夜里落的是一场态度温和的细雨，这样的清晨是会让人感到愉悦的，因为天空被云朵雨擦洗过，植物们被雨水抚慰过，所有的一切，都跟初升的太阳一样崭新。可是，我不只看到容颜憔悴的草坪，还看到广场的丁香树下面细碎的花瓣零落了一地。

广场的那几株丁香，也是近几年才栽上去的，年年都开得好，今年尤其乖巧，四月中旬就诗意朦胧成了一片。单位院子里也有，我每天路过时，都要贪婪地停住脚步，享受一会儿它们赐予的芬芳与美好。光有院里的似乎还不够，每次都要故意绕到广场路过它们。我承认，是丁香的认真感动了我：那么瘦小轻盈的花，颜色也不够浓烈，却每一朵都开得那么专注，每一天都散发着异常温柔的光芒。每次注视它们，心底都会生出小小的自惭形秽：和它们相比，我在潦草粗心中虚度或荒废了多少好时日啊！每每以它们为镜，都会照出自己的平庸无为，看到自己渐渐收敛翅膀后的消沉颓废。因此，每年都会有那么一段时间，我被那几株专注而温柔的丁香树给鞭策和鼓励着，积极向上得像春天里盛放的花朵，每天都在努力地踮着脚尖，去触摸阳光的温暖和明亮……

落在地上的丁香花，远远看上去有点凄美，像是一场仓促慌张到来不及拥抱的告别。倘不是昨夜那场骤雨，它们还能在枝头住上一段时日。但我知道，心里不起伤感的涟漪，就是跟它们最好的道别。

丁香花还有个很好听的学名，叫“香荚蒾”。

喜　欢

中国的汉字真的是越琢磨越有味儿。很多字不只是象形，还像心情呢。比如温暖，比如喜欢。光是一读，字面里藏着的意思就无限蔓延开来，覆盖你、浸润你，让你心甘情愿淹没其中。

越来越喜欢用“喜欢”两个字了。喜欢，意味着彼此间的接纳和包容。看到一朵野花开得忘情和专注，不由心生怜爱、欢喜不已；头顶飘过一朵低而散漫的云，白得心无旁骛，不得不停下脚步对视一会儿；一个眼神温和的人，必定有着一样温和的背影，即使陌生，也会让人生出些惆怅的欢喜；街头流浪的小狗，身影孤单而眼神迷茫无助，那一刻挪不开脚步地想带它回家……

真的，这个看起来污浊的世界，其实有很多值得我们喜欢的人和事。前提是，我们能够像草木一样慈悲。

小区门房的大爷养了一只小狗。从头到尾的驼色毛，眉心也没有小白点，但特别可爱。我每次踏进院门时，它都要装成气急败坏的样子咬我，可惜它被一条铁链给限制了自由，只能眼睁睁地看着我走远。其实我很不希望它被拴起来，尽管主人给它盖了一间看起来很体面的小屋，但我更愿意每天下班回去后被它蹭到双腿——看狗狗撒娇，实在是一件很暖心的事。时间一久，它看到我也懒得再凶了，爱答不理的样子。大约它是明白自己的无能为力了。可我每次进出都要忍不住逗它一下（我喜欢狗狗真是喜欢到骨子里了），我试着靠近，然后跟它说话，它觉得我是在挑衅，于是凶我、朝我叫。门房大爷笑我：你说话它也不懂啊，它只能听得懂藏话。我真是万分诧异：狗狗能听得懂藏语？果然，门房大爷用藏话呵斥了一句，它立刻噤声，摇着尾巴转圈儿撒娇。大爷说，狗狗刚来时只有老鼠大小，被女儿一手带大，天天用藏话交流，所以只能听懂藏语。他还说：你别看它是一个畜牲，绝对胜过一个不靠谱的人。我每次出去前跟它交代要看好东西，它肯定会乖乖地守着院子不偷懒睡觉。大爷跟我说话的时候，狗狗一直舔着他的手掌心，很温顺的样子。

有次晚饭后散步回来，看到狗狗没精打采很孤独的样子，就想陪它玩会儿。为了不让狗狗感觉我居高临下，我一直蹲着跟它说话。我问：你知道我喜欢你吗？它忽闪着大眼睛，摇一下尾巴。我又问：你介意我帮你解开铁链获得自由吗？它仍摇摇尾巴。它的眼神懵懂又可怜楚楚。我真是没办法了，一个说汉语的人和一只懂藏语的狗狗之间有了交流障碍，还真的没人能帮得上忙。其间，我注意到狗狗一直浑身发抖，以为是病了，跑去问门房大爷，他说狗狗从小跟着他女儿在热炕上睡大，把身上的火气给睡没了，所以天一冷它就发抖，不碍事儿。我央求大爷给狗狗铺点东西取暖，大爷大笑：你没听过古话吗？人不宜好、狗不铺草……

听人说，狗眼里的世界只有黑白两种颜色，我不知道是真是假。让我感觉无力的是：没有人能体会一只狗狗无以言表的冷，也没有谁能读懂一只狗狗眼睛里流露出的无助或乞求。它们的无助，是被整个世界遗弃后的无助……

我所理解的喜欢，不是把狗狗拴起来、把鸟儿装进华丽的笼子、把植物从山里移植到自家阳台上。所谓喜欢，就是给它们足够的关爱和自由。

稻草人

路过收割干净后的庄稼地时，看到有落魄而疲惫的稻草人。倘若距离近一点，我可以看得清楚它的眉眼和表情。可快速驶过的大巴车，只让稻草人远远地和我擦肩。

一定有令人窒息的孤独吧？庄稼们都离开了土地，以匍匐的姿势被码在了地里。节气已过白露，要不了多久庄稼就会被运走，彻底脱离稻草人的佑护。秋风一吹，连鸟儿也懒得再来了，田野将陷入漫长的寂静与荒凉。一个被遗弃的稻草人，要怎样才能表达出自己的孤独与无助？

小时候见到庄稼地里的稻草人时，心里真的嘲笑过大人们想象力的乏味。冬日里冒着严寒堆雪人，也要有鼻、有眼、有红唇。青草扎成的稻草人，怎能没有一张完整的脸呢？就只是两条胳膊两条腿，戴顶草帽虚张声势地站在那里，一动也不动。鸟儿当真是那么好骗的吗？据我观察，聪慧的鸟儿们早就识破了人类的诡计，照样每天旁若无人到麦地里去享受大餐。稻草人一个姿势实在太久了，也许是困了、累了，鸟儿光顾时也懒得动一下胳膊。更有放肆的鸟儿，直接停在稻草人身上谈情说爱晒太阳，一点都不尊重人家的职业。可恼羞成怒又手无寸铁的稻草人，真是拿它们一点办法也没有。

我曾幼稚地以为稻草人也是童话世界里的角色，所以曾经跟小伙伴们一起，偷偷用墨汁给它涂了眼睛，又剪了红纸贴成它的嘴唇。三分长相七分打扮，稻草人还真的俊俏多了。可惜一场突如其来的大雨，瞬间就将它打回了原形。

农村长大的孩子，总是会有很多这样那样的情结。时至今日我仍会对一个稻草人动容，也是缘于幼时对它的过度关注。就像那时我用粗针大麻线缝成的布娃娃一样，虽然丑得像个媒婆，但仍被我用心地赋予它喜怒哀乐。稻草人怎能没有属于自己的情绪呢？它一定也会有厌倦到想撒手走人的时候，可谁愿意听它说出来呢？如果它爱上头顶的晴空，也不会有人热心地帮它变成一朵云。它得一直那样站着，每天保持同样的姿势和表情，除了忍受风吹雨淋之苦，还要目睹鸟儿们大秀恩爱而假装无动于衷……

去年秋，我自碌曲绕道夏河的途中，看到过一个同样潦倒的稻草人。秋雨迷蒙而大地一片萧瑟，那个稻草人就站在离公路不远处的庄稼地里，神情黯然。我真的很奇怪，别人眼里的秋天，总是跟丰收、硕果、皆大欢喜之类的字眼连在一起，偏偏我不是。一入秋季，情绪持续低迷，能进入视野的，尽是草木零落之后的荒凉。所以那日，车窗外的雨和雨水中的稻草人，让我老半天都缓不过神来。一束原本已经失去生命的稻草，一旦被赋予人的形状和使命，它就一定有了自己的喜忧和情感。可是没人愿意理会它，连鸟儿也去躲雨了。雨淋得久了，它的身上一定会长出星星点点的霉斑。而被阳光晒得久了，它又会变得脆弱不堪，风一吹，摇摇欲坠。一直撑到被遗弃的那天时，主人大概也不会记得跟它道声谢。

秋风更凉一些的时候，不知道它会被吹到哪里。不知道秋雨更急的时候，它能不能找到一个可以躲雨的屋檐……

美　好

每次落雨后，路边那些植物花草就像重生了一般，焕发出单纯的光芒。很喜欢那样的仿若春天的颜色。路过它们时，会故意放慢脚步或有片刻的逗留。我相信它们会感受到我的目光，也相信它们会回报我以微笑。花坛里的草因为久不修剪，身子窜得老高且结了繁茂的草籽儿。我亦欢喜它们结籽以后的样子，羞涩生动如怀了身孕的女人。刚刚被修剪过的草坪也令人着迷，因为青草散发出来的味道里，能够完整地拼凑出关于故乡和童年的回忆。为着这个缘故，我甚至觉得广场草坪的“理发师”真是个浪漫又幸福的职业，每次看到他们驾着剪草机在草坪上来回突突的样子，总觉羡慕不已。被剪草机废弃的那些青草，会在枯去前一直散发出好闻的草香。

六月将尽，格河边上的杨树颜色越来越耐看。天气晴好时我会故意绕道，在上下班的路上途经它们。在纸媒做编辑时，办公室窗口正好对着格河和河边的一排杨树。每年它们发芽，我抑郁一冬的情绪也会逐渐好起来。我很庆幸这些亲人一样的杨树能够正好点缀我的窗口、温柔我的视线。忙碌或焦躁不安的时候，只要抬头看看那些绿，就能在瞬间安静下来。后来格河修建河堤护栏，一部分杨树在工程动工前被锯掉。刺耳的电锯声，让我无比仇恨那些所谓的工程规划者，我甚至在心里诅咒他们都变成水泥和钢筋。可看着杨树一天天减少，又觉这样的诅咒很虚弱无力。好在后来，靠近单位的一排杨树被留了下来，得以继续妆点我的窗口。如今，离开报社虽然久了，但我仍能记得从一个窗口望出去，杨树叶们绿得专注忘情的样子。

幼时盛夏，小屁孩儿们经常聚在一起舔食杨树叶子。据说叶面上又甜又黏的，是蜜蜂留下来的蜜。那些甜得腻人的味道，如今回味起来仍然有着遥不可及的美好。

流水账

熬夜一旦超过十二点，睡眠功能就会自动丧失。整个人会像发酵过头的面条一样疲软无力，大脑一片混沌。

最后一遍稿件看完确认无误时，时间已接近凌晨一点。也就是说，我的六一节就这样被消耗掉了。我甚至都没来得及缅怀一个小黄毛丫头敏感胆怯却无限美好的童年。窗外，人为的霓虹仍在闪烁其词。天空阴沉，大约星星们都躲起来过节去了吧。简单洗漱后，把面条样的身体交给蓄满雨水的深夜。手机闹铃显示，我的睡眠时间只有五小时零三分钟。

预料中的糟糕睡眠。

浅睡，仍然整夜做梦。梦到稿件纰漏，又梦到图片不适，然后惊醒。这个毛病，在报社做编辑时就有。离开纸媒三年多了，病根依然滞留不去。如履薄冰基本属于报纸编辑的常态，因为稍有不慎，付印后的报纸差错将失去一切挽回的余地。编辑所要承担的直接责任，完全不是哭一通鼻子那么简单，尽管我也很没出息地哭过。那时候，每日当值编辑最容易被夜半噩梦惊醒，不是梦到弄错领导官衔，就是搞混了日期。直到次日见到自己编辑的报纸前，心一直是悬着的。而每个编辑，无一幸免地接受过由此带来的处罚。如今虽然少了差错无可挽回的顾虑，仍然习惯让每一天的工作都接近完美，连一个标点都无法忽略。有同事提醒我对自己太过苛刻，说完美主义者都是自虐狂。我真的有了查星座学的念头：这么多年来，我一直追求的完美，是否只是自虐式的伪完美？

清晨醒来，想起一夜纷扰杂乱的梦，心里像裂开了无底深渊。瞬间无助，不知所措到绝望的无助。郁积了太多的话，却找不到正确的打开方式。只能听任它们在心里发芽，盘根错节地一次次戳疼我。或许，很多时候带来伤害的，恰恰是我们自己。强迫自己静下来时，想起昨夜舞台上那首好听的河州花儿：“尕妹妹的大门上浪三浪，心儿呀跳得慌。听说我的尕妹妹病哈了，阿哥莫急坏呀，称上些冰糖着看你来呀，妹妹山丹红花开呀……”我很少听民歌，这首却例外。偶尔听，每每会心动、感动。

挣扎着起床。木心在枕边，小兔在枕边。他们之间相安无事。只有我，每次醒来，都会难过。因为生活，远没有看上去那么生动完美。

早餐：半杯开水，仅剩的两颗樱桃，小块馒头。还有一个煎焦了的鸡蛋。

江南小记

浙大的华家池校园，远比我想象中的美好。除了一湖碧水外，还有很多叫不上名字的植物。这些植物散发出的草木香，很像小时候浸润过我的那种味道——纯粹、无杂质的草木香气。很欣慰，人虽渐老渐远，可无论在哪里，我喜欢的植物们都能发出相同的气味，并能带我于它们相似的气味里重返遥远的童年。年轻时，以为只有人才能配得上“温柔”二字，如今觉得比人更温柔的，应该是植物才对。且它们的温柔，人类永远无法企及。

途中，虚构过的无数种江南，置身其中时只剩下一种：温柔——令人无法拒绝、甘心沦陷的温柔。我时时提醒自己，应该将时间单位化为秒，让每一秒都成为一个鲜活的细胞活跃于我的体内并留下深刻印记。仍觉得不够，恨不能将秒又分离成为小秒、小小秒，让我清晰地留住每一秒的感受。我居住的高原，神似一位性格刚烈、线条粗硬、情绪反复无常的男子，能够提炼的关键词里，偏偏少了我所钟情迷恋的植物和水。由此生出的无助感和漂泊感，经年累月地撕扯着我，让我越来越确信我的前世就是一株植物，一株与水为邻的植物。

我每天都刻意晚睡，以为这样便可将白天无限延长。并且，在能闭嘴的时候尽可能地选择闭嘴，拒绝跟人有言语交流。我深知，我对草木河流的那份眷恋，不是所有人能够理解的。所以，当其他人都争分夺秒辗转于杭州的各个景点时，我只愿意在房间里待着。如果没有雨滴敲打屋檐，我也只愿去校园的湖边走走，或在掉有落叶的长椅上待一会儿。每当宾馆楼道里人声散去归于宁静后，那些距我不远的花草树木便会携了各自好闻的气息，来房间小坐。它们果真兰心蕙质，大都能懂我的心思。烟雨江南给予我的这份愉悦和幸福，旁人又怎能体会?

其间，逃过两节课。一向循规蹈矩的人，逃课哪怕只有一小时，也需要勇气。当我人已至湖边时，心还在狂跳不止。那个教授实在乏味，坐一个地方能一小时不动地絮叨，内容枯燥单调毫无养分可言，耗在那里真有虚掷时光的罪恶感，还不如靠着湖水晒晒黄昏的太阳。另一节课师生互动环节，我提到木心先生之于乌镇的意义。可惜，和颜悦色的老师在讲台上东拉西扯一番后，我并没有听到自己想要的答案。遂又果断逃课一个多小时。

南国细雨里，撑了伞的人们，背影都有着植物一样的好看，男的儒雅女的温柔。雨也好看，细密而满含了某种安慰的味道。我沿着校园铺满落叶的小径慢慢走到教室时，鞋子已差不多完全湿透。小径一旁的花草繁盛得让人安心，安心得让人想随时在雨里停下向前的脚步。

近几日，甘南连续大雪，气温骤降，恍惚重回冬天。室内室外，到处都弥漫着不遗余力的冷。今日初晴，窗外铺满久违的阳光。想起月初在江南遇到的细雨、植物、愁绪，都有着无限的好……

错 过

去乌镇，真的只是为了看一眼木心先生的故居，想隔着远走的光阴和他说说话。想借他的暖，来忘记尘世间的凉薄。想在小桥流水与白墙黛瓦间再重温一遍“每夜，梦中的你，梦中是你 / 与枕俱醒，觉得不是你 / 另一些人，扮演你入我梦中 / 哪有你，你这样好，哪有你这样你”的深情。

那日途中，江南的烟雨始终缠绵于车窗外。细碎的雨滴落在玻璃上，汇成小溪，像我心底的期许一样逆流成河。是的，对于乌镇，我是抱有期许的。我以为从路上开始，就能避开游客的身份和心态，以安静得虔诚的姿势一点一点靠近木心先生的温暖。我以为抵达后，能在他的小院儿里一直坐到黄昏或者深夜。

一个拒绝被社会治愈的“病人”，见了先生该跟他说些什么呢？那么多话，从哪里开始才是合适的？或者，叙述中会出现逻辑混乱和词不达意。但又有什么关系呢？像先生那么宽厚的人，一定不会介意这些。

窗玻璃上的小溪随着雨滴的大小不断变换流向。车上的人都在昏睡，他们对玻璃小溪完全没有兴趣，到此一游才是他们此行的目的。我当然清楚，没有人会像我一样跟这个世界格格不入。所以，我一直能够完全认同和接纳自己的孤独，也不必去解释别人眼中的孤傲。这样，我便不会为了苟同别人而假装自己是个健康无恙的社会人。疼痛，更能让人时时保持灵魂的清醒。

三月底开始读先生的《文学回忆录》，读得非常慢。因大部分时间都不属于我自己，只能临睡前读两页。有时读到喜欢处，还要忍住放下，第二天再复读。其间终于懂得，他为什么能写出那么多温暖得令人流泪的文字了。他讲宋词讲到《风入松》时说：最后两句不敢去解释，一解，就破坏掉了。忧伤到极点。最后两句是：惆怅双鸳不到，幽阶一夜苔生。

很多时候，感觉先生更像个孩子，天真、澄澈。又如春日雨后干净的阳光。而我幸运，终于可以在初夏时节，披一身江南的迷蒙烟雨去靠近寻求已久的温暖。

司机师傅兼了导游，下车后瞬间变身为职业导游模样，购门票选路线定时间，完全不容我们发声。在他大嗓门的警告声中，我听到了梦想破裂的声音。一路冒雨满怀期待而来，还是沦落为一名眼神迷茫而脚步慌乱的游客，被陌生空洞的人流胁迫前行。乌镇的游客多到惊人，每座小桥的两旁需得工作人员声嘶力竭提着喇叭喊，人群才会慢慢蠕动。我开始嘲笑自己的幼稚：为什么那么笃定地以为来乌镇就能完成梦想呢？为什么老是分不清幻想和现实？

失落。回程坐船，并没多少喜悦。潮湿阴冷的氛围中，我无法辨出木心先生曾经居住的大致方向，只能在心里默默跟他道别。见不着他，意味着我得继续陪伴寄居我灵魂里的那些“暗疾”，听任它们的抚慰或折磨。也意味着我蓄积已久的泪水仍然寻不到适合的出口。

我开始羡慕那些可以在乌镇住下来的人。哪怕他们仅仅是为了去看风景。

十五年前，阴凉的晨
恍恍惚惚，清晰的诀别
每夜，梦中的你
梦中是你
……

船靠岸时，人声嘈杂。我默念一遍这些暖心的句子，低头黯然离开。

梦里花落知多少

春天最适宜说花儿。

梨花杏花谢幕后，牡丹芍药紧随其后登台亮相。算时节，精致小巧的荷包花也该到花期了，可我没能在花丛中寻到它的芳踪。

其实对牡丹并无多少好感，过于招摇浓烈的东西，心里一直有排斥感。如同浓妆的女子。

四月出差兰州，早上专门起早去拍梧桐花。梧桐也是我喜欢的植物，但它的花真的是第一次见。一嘟噜一嘟噜的淡紫色串在一起，极具诱惑。好的植物不只花好看，连它的叶子、表情、姿势、气味都是很迷人的。见了，不愿转身、不愿离开。

晨间略显混沌的雾气尚未散尽，拍不出花朵们高贵的紫，以及它淡雅的韵味。只好继续天桥上待着。看花，看桥下匆忙的车辆，和擦肩身边的行人。这样一个清晨，是属于谁的呢？我满怀期望地跑出来拍花，却也不是我的。也不像是街头奔波的那些人的。没有答案，觉得身旁的一切都不真实。袭人的花香，也像是被我凭空想象的一般虚无。

回来途中，捡到两朵凋零的梧桐花。落寞黯淡的色泽，年老色衰的表情。捏在掌心时，已感觉不到花朵的筋骨和坚持，一副彻底放弃了的模样。它们是什么时候落的呢？是车辆行人稀少、灯光不再亮起的深夜？若选在黑暗中坠落，一定是为了掩饰挣扎吧？挣扎，说明它们爱过。爱过春风，爱过阳光和细雨，肯定也爱过路过它们的某张面孔……

黄昏里又碰到一种花儿，说是叫紫藤。跟梧桐相似，也开成一串一串的，好看得很。很多花都喜欢选择紫色，大约紫看起来更有着迷一样的颜色。甘南的花季里，草原上也有很多紫色的野花开成一片风景。看上去没心没肺，但仍明艳动人。

梧桐花尽后，就该长出那些好看的叶子了。植物乖巧，从不与季节争，似乎比人更能懂得随遇而安。人却会因心事纷扰而频繁失眠。想起昨天夜里的辗转反侧，像是专门对花儿的一种讨好。可我即便彻夜醒着，亦无法体会花朵零落时的悲凉啊。它们落下来时那么轻，不给世界传递一丁点声响，必是怕夜里醒着的人会难过流泪吧。

看花的人们，个个都很喜悦的样子。唯独我，像个悲剧主义者一样，徘徊花前时忍不住担忧春光仓促催它们凋零……

我醒着时，花儿们想必也不曾入睡。不如给它们念几句暖心的句子吧，算作彼此间的一份安慰。

——鲁迅的日记记载：旧历正月十三，夜为害马剪去鬃毛（害马是鲁迅对许广平的专用昵称）。真是难得，一本正经的鲁迅，也开始了暧昧。

——所谓苟且，并不是生活艰难得吃不饱穿不暖，而是我们为了温饱和安全的愿景，自愿过着一种规律一成不变的生活，还有一眼可及的未来。这样的生活，强烈地侮辱着我们的智慧。有趣才有诗意，眼界就是远方。

春　愁

1

杏花李花梨花都是我童年里的好朋友、小伙伴。它们一开，寂寥一冬的田野就显出几分热烈和生机。杏花尊贵，只开在自家园子里，多半被篱笆围着。不像梨花李花，像个率性的野孩子一样，无遮无拦开得满山遍野都是。可怜丢了童年的大人们，只习惯将目光投向开在园中的杏花，感慨一下花朵的凋零或繁盛后，心里再无半分涟漪。只有孩子们的心，和梨花李花是相通的。即便不能言语，也不妨碍彼此间的交流。梨花和李花的花朵，很多时候被我们连枝折下来玩。有时也撕了新鲜蓬勃的花瓣，包在干净的手帕里，却不知道做什么好，就那么毫无知觉地浪费着。读《红楼梦》时已经长大，看到黛玉葬花时又想起小时候的恶作剧，真有了心惊肉跳般的罪恶感：年幼时的无知才是真正的无畏啊。好在，梨花李花年复一年地开着，包容着我们无知而短暂的童年。园中的杏花，如今也成为一瓣乡愁，年年妖娆在我的梦里。可是，我明明记得它们的气息，却认不出它们原来的样子，分不清哪朵是李花，哪朵才是杏花。

岁月的仓促真是毫无道理。转眼之间，我们就沦为丢了童年的人。

2

从这个春天开始，有意克制自己减少浏览微信朋友圈的次数。因为越来越觉得它的虚弱。很多人包括陌生人，见面或分开时都会互加微信，像是交际中约定俗成的惯例，然后就没了下文。再见面，彼此之间会突然变得很尴尬。消除这份尴尬的办法，就是避开微信互不干扰。

其实，最好的情分，都住在心里。即使久不联系，仍会眷念着彼此。

逃避微信的另一个原因，是大面积的抄袭与雷同。自媒体时代，人人都学会了毫无新意的人云亦云。

你说：待我长发及腰……

他说：你不来，我怎敢老去……

头疼、厌倦。真是可惜了这些句子。

3

时光是什么？我以它命名，它真的就会变成一本书而证明曾经有过的存在吗？

面对一天天飞走的光阴，我竟束手无策。是从什么时候开始，对快速而至的春节没了期待和憧憬的呢？如今关于春天的这个盛大节日，唯一的仪式感似乎就是洗洗涮涮了。从厨房到客厅从卧室到阳台，上上下下几乎是地毯式清理。“懒惰久了，稍微努力一下，就感觉像是在拼命……”撑足了懒筋的皮囊哪哪都疼。但是，依然态度和蔼地替补丁熊清洗了红毛衣上的灰尘，清除了南瓜娃娃脸蛋上的污渍。还有粉猪和害羞的兔子。它们挨挤在水盆里时萌萌的样子，恍惚得有些美好。

有些喜欢，从小到大都不会变，老了仍然也不会变。就像我对这些布娃娃一直不曾改变过的喜欢一样。

立春过。晴日午时，气温会有小幅回升。但这并不能使我的颓废有所减轻，灰色的抑郁依旧在，心情仍然是四面楚歌。

某人心血来潮，搬来鱼缸一个，购得一黑三红小金鱼四条，又很费心思地布置了鱼的新家。但是，问题来了：每晚入睡前，我都要胡乱猜测一番：鱼会怕黑吗？会孤单吗？会失眠吗？万一怕黑，它们要如何熬得过那漫漫长夜？这些问题每天反复盘旋于脑海，让我备受煎熬。以至于每次晚睡前关灯，都觉得对它们是一种伤害和不敬。

但鱼缸里的鱼儿，安之若素，日日清欢。

后来煎熬不住，问了“度娘”，说鱼没有眼睑，睡觉的时候不能闭眼睛。又说鱼会在分泌的泡泡里睡觉，有时还会边游边睡。

自此，方才安了心。

辜　负

终没能在落雨之前等到一朵花开。

那天落的几滴雨略显随意，不过是雷声大了点，像是刻意为了配合某种形容。春雷响起，不只惊到藏在土里的小虫，也吓到了我。雷声来得太过突然，惊醒了午睡的我。恐惧，不敢动。一个人蜷缩在床上，听生硬的雨滴敲打着窗玻璃。

甘南开得最早的花，应该是蒲公英。其次是艾花。前年或者更早一年的五月初，我在当周草原见到过刚刚开放的蒲公英，羞涩、单薄，像还没有长成的少女。不过，仍有着明艳动人的黄。开花以前的蒲公英，有时会沦为餐桌上的美食。吃它的人，并不是因为心里藏了对春天的期许，更不会顾及唇齿间是否会留有芬芳。小时候我也吃过它，还用它白色的奶汁涂各种图案，但懵懂无知中应该也是无半点歉意的。

艾花更瘦。矮矮的个头紧贴着地皮，白得发青的叶片上有一层细碎的绒毛，指腹轻触时会感觉微痒。细嗅，还没有艾草长大以后的清香。艾花长到入伏天后，也会被人采摘，不过它的结局要比蒲公英诗意很多。

在甘南，三月的雨也只是虚张声势而已，很快就潦草谢幕。紧接着是大片的雪花漫天乱舞，姿势明显好看过冬雪。因雨滴的仓促生硬，觉出了雪花的柔软和好处，至少它是安静的，不会像雨那样气急败坏地去打扰我的午睡。可是，雪若天天这样不知道疲倦地落着，草原上预约好的春暖花开呢？记得那年的六月飞雪，虽是外地媒体十分稀罕的看点，却让很多开得正好的花儿憔悴得失了模样。

可笑的是，每年春天至时，我都会承诺要带自己去一座临水的城市，去一个不会在春天还落雪的小镇。可年年春天，我仍然待在土门关以内听惊雷、看飞雪，一边同情自己一边遐想下一个春天。心知就算我哭成梨花带雨，也无法在新一轮的春天兑现承诺带自己远走。

土门关以外的桃花杏花蒲公英们，会开成什么模样呢？那些陌生的风景和行程，年年牵念又年年辜负。一并被辜负了的，还有自己的内心。一直都在努力成为自己梦想中无所畏惧的样子，却一直徒劳。木心说：人类的快乐不是靠理性、物质，而来自情感、本能、直觉、行动。可是，一个缺乏行动勇气和能力的人，又能获得多少快乐呢？

暗　疾

今年初春的时候，隐约觉出嗓子不舒服，干、痒。一痒就紧接着干呕，是那种外人看不出征兆的干呕。有同事调侃：你是有了吧？

嗯，看上去的确有点像妊娠反应。

忐忑。于是赶紧去诊所看大夫。还没等我描述完症状，大夫打断我：咽炎，吃点慢炎舒宁吧。我不放心地又补了一句：晨间刷牙时也想吐……大夫再次肯定是慢性咽炎。我很讶异：咽炎不是男人才会得的吗？大夫抬头看了我一眼，然后笑出一脸春风：除了妇科病，这世上所有的病都是不分性别的好吗？哦，好的……

也是奇怪，从那以后居然发现身边有很多患有咽炎的女性。她们都很热心地以“过来人”的口气给我传授治疗慢性咽炎的各种偏方秘方，比如频繁用温盐水漱口，比如口含甘草片，等等。可大夫说过，咽炎无法根治，只能靠保养来减缓症状。

那些小病菌，我是什么时候得罪它们的呢？

想想人的这具皮囊还真是有趣，从头到脚的毛病都可以用“炎”字来概括：脑膜炎、颈椎炎、肩周炎、鼻炎、胃炎、关节炎……它们像是隐藏极深的战士，只要稍不留神，分分钟就能给你丢一个什么“炎症”出来。

昨日因工作关系，沿着格河走了一趟。其实河里没水也没风，就是雪后的数九天有点冷而已。结果被头疼折磨了一夜，疼到每一根脑神经都要炸裂的感觉，忍不住地大声呻吟，简直以为自己活不过来了。所以，一直等手机闹铃响起，一直等。后来终于撑不住，爬起来冷水吞了一粒快克。对症与否都不要紧，我只求它能助我快速入睡——被疼痛折磨的夜，实在像极了一条没有尽头的隧道。

人的身体真是一座迷宫。它什么时候想造你的反全凭了它定，想让你痛哪里就痛哪里。小时候点疫苗种牛痘，老想着只要挨过那一针，就可以有甜的糖丸吃。可每次只要一露出胳膊还是会忍不住大哭。那时候哪里知道，以后的岁月里所要承受的疼痛，早已不是一颗糖丸所能抚慰的呢。

昨晚临睡前，看到了东山顶上丰满的月亮，才知已至腊月十五。很快就过年了，心里却无半点期盼与喜悦。大约，是心知过的再也不是少不更事不知忧虑的年了。又或者，是因为自己又老了一岁，亲人也跟着老了一岁，爱的人也老了一岁。

这些浓郁的惆怅，更像是藏在身体里的某种暗疾。不防备时，会跳出来戳你一下。虽然不是很疼，却能让你老半天都缓不过劲来……

幻　觉

刚刚蓄满的水杯就在那儿墩着。开始还冒着热气，一会儿，就没动静了。杯子上的大嘴猴又没忍住，跳下来拍拍我的肩膀说："嗨，你今天又忘记喝水了。"它下手重了一些，我感觉肩头麻酥酥地疼。

我常常有意无意地辜负一杯水。或者说怠慢一杯水。

大嘴猴继续吧唧着它红得夸张的大嘴说："事实证明，你的身体已经严重缺水，因为你已经有一个星期没大笑过有一个月没哭过了，哭和笑都是释放眼泪排泄水分的最好方式，可是你没有。水更重要的作用是唤醒你的灵魂，避免你陷入麻木和僵硬。更更重要的是，你内心繁华的风景需要水分来滋养才不至荒芜。还有……"

"好了好了，"我不耐烦地打断它的话，"这世间原本一片荒芜，我又如何能保全自己的一片繁华？我烦恼跟水有关吗？我厌世跟水有关吗？杯子里晾凉了的水知道我是谁吗？一杯水能帮我解决所有问题吗？"

大嘴猴眨了眨萌萌的眼睛，似乎在为我甩出的这一大串问号找寻答案。半晌，它轻轻叹了口气说："能。水善利万物而不争。只要你愿意一试……”

大嘴猴水杯是我从网上淘来的。瓷质细腻杯形憨厚。重要的是，我喜欢那只胖胖的大嘴猴。它经常在我发呆的时候陪我聊天。它说：“别人最多只有两个自己，人前和人后的。可是你却有好多个你，哪个你才是真的呢？”

我也不知道哪个才是真正的自己。于是，我陷入了迷茫。

一个我自小就从骨子里迷恋着水。泉水、溪水、河水、湖水、池水、大自然的水、身体里的水。大自然中的水被风一吹，就有了皱纹或涟漪。皱了的水和起了涟漪的水，会显出万种风情。当然，身体里的水也会随着体内的潮汐翻腾涌动，美妙无比。

于是，我在水边盖了一座简陋笨拙的小屋，便于每天夜里听着水声入睡，清晨和水声一起醒来。还特意置了一把古琴，少了一根弦但可以随性乱弹的那种。我常常故意淋雨，淋那种突如其来的滂沱大雨。

无聊的时候，我用手指在水面写字。狂草，或小楷，水都不会计较。也写心里的小秘密，一遍一遍，但水始终替我守口如瓶。

可是，另一个我却常常慢怠杯中的水。

还有一个我，喜欢把日子剥离成心里想的和真正过的。

别说大嘴猴，我也不知道哪个才是真的自己。

不　忆

立春后的春节，很快成为过去。假期十天，预料中的懒和堕落。原想要去看场电影，美人鱼，或者三打白骨精也好，就是去感受一下。终没去成。懒于出门，给自己各种不出门的托词和理由。节前从书店带回来的散文集《在苍凉》只浏览了一下目录，尽管很喜欢作者刘烨园独特的文字风格。每天复制般的晚睡迟起，陪父母怀旧，陪孩子们打牌看电视，心安理得地挥霍着刚刚到来的春天。“我只想和你虚度时光”的诗句，不只适合爱情，也很适合亲情啊。倘若生存可以忽略不计，我真的愿意就这样一天天时光虚度。

心底仍然抗拒短信微信群发千篇一律辞藻华丽的拜年方式。这些被复制过无数次的字眼里，有多少情意在呢？甚有可能群发的人都不知道发给了谁。还不如一句“新年快乐”来得由衷。网络时代，不知道有多少情感就这样轻松地被敷衍和搪塞了。心想，这个时候若手写一封信寄出新年祝福，大约会被笑死吧，恐怕也不会有人肯费时去读、去感受纸上的温度。若再诗意一些，连邮局的邮戳也不要去盖，直接将信托给窗外觅食的鸽子，赶在新年钟声敲响前送达，多好。当然，这样离谱的念头只是心里悄悄动了一下，没敢说出来。

假期结束时终于落了一场雪，似乎要挽留住所有将要离家的游子。电视新闻也在大肆渲染节后春运的离别氛围。大范围降雪后的阴冷湿滑中，到处是拥抱、不舍和偷偷擦去的眼泪。无论亲情爱情，等待真是一件残酷的事情。等着等着，头发白了皱纹深了；等着等着，光阴老了思念也一天天淡了。我曾不止一次地采访过留守老人和儿童，深切地体会过他们情感上的空白和绝望。很多被烙上“留守”二字的村庄，真的是一片比贫穷更让人恐惧的荒漠。纵然终有一日村庄变得富有，也无法填补人们情感上的千疮百孔。相守，才是世间最大的幸福。真的希望再有大雪纷扬时，被隔在屋内的人们谈论的不再是新的别离。

风筝、沙尘天气、呼啸于窗外的风以及一场接一场的春雪。年年此时，甘南就会被这些词条装饰，相似得令人分不清到底身处哪一年。放风筝的人，放的不过是一份心情。那些还未及落在窗外的春雪，也不过是为了表达心底的不舍。就像我，敲下这些词不达意的文字时，只是为了记录这一刻的心情。

明天，或者后天，即使沙尘扬起，风声呼啸，我也未必还能有同样的心情。

因为风的缘故

时光仓促了不够，还要再仓促、更仓促，让今天和今天以前的每一个日子，很迅疾地被风带走。即使上一分钟，或者我敲下这些字的此刻，也很快成为过去。

谁都无法说服或挽留时光停止。哪怕你心里有十万分的不舍。

三月开始，由于工作原因辗转奔波于别人的城市。不是接近抵达的疲惫，就是即将离开的愁绪，一直在路上的感觉。虽然见到了古城西安开得正好的迎春花儿，看过秦淮河边喧嚣华丽的夜色，尝过原汁原味儿的北京老冰棍儿，但自始至终心里都异常清楚，那个端着相机跑采访的人不是我，和别人结伴看景的那个人不是我，完全被工作程序化了的人也不是我，那个在西安街头淋雨，在重庆北站广场飞奔，在成都故意迷路，在北京想就此远走的人才是真的我。所幸，无论走到哪里，我都可以确保那个真实的我寸步不离，陪我聊天、做梦、发呆，幻想更远的远方。“远方”这个词，始终藏在我最隐秘的文件夹里，尽管我不知道它到底在哪里。在西安时，去过较远的一个民俗博物馆参观，工作间隙一个人跑至门外闲逛，竟看到“终南山”字样。打听后得知，面前的山就是隐居了很多人的终南山。心里立时有了冲动，想时间若再早点且能自由支配的话，真的可以进山去看看。若再有幸碰到闲置的小院儿，就住下来也说不定，恐惧和担忧虽然肯定是有的，也不知能拿什么填饱肚子再去林间寻求诗情画意和宁静，但那一瞬间真的很冲动。还好只是冲动而已，并没有不辞而别付诸行动。也许，它还不完全是我心目中的那个远方，还不致让我生出义无反顾的决绝。而让我真正想留下来不走的，是我故意迷过路的成都。那里大片大片的绿，和城市所表现出来的慢节奏，都让我心动。市郊寻处小院儿，布置成最简朴的茶屋，每日三五个人光顾着，不致太冷清或太热闹，眼前的花草不分四季地绿着，踏实下来的灵魂不问世事地静着，不必去顾及窗外的白云苍狗，这才是我心里最想要的生活。

这一年，文字依旧写得不紧不慢，但它仍然是我取暖和松绑最好的方式。书也读得不多，闲时翻几页，也是由着内心的喜好程度。一切都很符合一个胸无大志的人惯有的节奏。写出来的文字，一部分藏着，另有一些贴在博客里，还是很少寄给外面。近年底时，意外拿到一个征文三等奖，有点无心插柳却成荫的味道。又得了个《格桑花》散文年度奖，也有小小的欣慰。倘若得不到这些鼓励，我还是会认真地对待心里长出的那些文字，因为写作过程中它们已经给了我足够的快乐。还有音乐，钟情的一如既往地钟情着。听得最多的，还是石进，固执而念旧。年初，雪还未融干净的时候，曾去过两趟羚城乐器行，想学学二胡或古筝。起这个念头，只是想空闲时哄自己玩玩，并不指望要高山流水遇知音。（很多时候你连自己都读不懂，又怎能奢望别人来懂？）学费和课时安排都了解妥当时，却没能在规定的时间去报名。后来，街头碰到乐器行老师问我：怎么没来报名？都开课一个月了……我说等忙过这一阵就来。然后低头匆忙走开。我要怎么说才能给他解释清楚一只旋转的陀螺的无奈？我怕我一着急，还会说出学费太高这样的混账话来。人家经营的可是高雅艺术，怎好用金钱去衡量呢。

说的话越来越少，因为越来越喜欢一个人待着。灰心或者快乐，都只习惯独自面对自己。许是越来越觉得人与人之间沟通的艰难和语言的苍白。说出去的话若真是泼出去的水，在能懂且愿懂你的人那里，定能生出无限蓬勃的绿。对方要诚心装傻，你再说下去就是你的天真了。天真的人，总是容易被生活的薄凉所辜负。

岁尾的羚城一如年年冬天那样，无论从哪里街道走出去，头顶都是接近透明的蓝。蓝得让人心里发空，想逃，或找个地方躲起来。但是，黄昏里披着这样干净的蓝，走遍所有的书店寻找木心，真的是一件很温暖的事。那样的温暖，就像读到他的诗“另一些人，扮演你入我梦中 / 哪有你，你这样好，哪有你这样你”时惊心动魄的暖，从手指一直暖到心底深处的暖。暖到人泪流满面，却哭不出一丁点声儿来。

像这样温暖的诗，像流过的那些泪，像一些不愿舍弃的美好，都不会被风带走。因为它们都被称作回忆。故而风来时，我无须再去担心和惧怕。

感谢 2015，容我光阴虚度，让我遇见自己。

梦　呓

1

冬天的时候，最害怕去玛曲。除了海拔让人发怵以外，我更害怕草木枯黄后那无边无际的空——阳光是无边无际的空，风也是毫无遮拦的空。那样的空，真的可以抽干你身体里所有的水分和自信，让你觉得自己也是随了草木一起慢慢枯萎的，继而生出恐惧和绝望。

去年冬，玛曲的朋友在电话里说，等下雪了，就来玛曲拍雪景吧。拍拍黄河日出，和雪地上的牛羊，还可以在宽阔的草地上堆个大大的雪人儿。后来，终于等到落雪，我却以雪天路滑为由推托，没去拍高原上最美的雪景。心里知道，自己对玛曲的钟情就像好龙的叶公，仅仅停留在草木繁盛的夏天。冬天去，还不待那些荒凉侵袭，我自己就先垮了。想想也是挺虚伪的。还是应该在最冷的雪天去拍一次黄河日出，看看风穿过草原的胸膛时无所顾忌的样子。在近四千米高的尕玛梁，再听一次无规律的心跳声，又有什么不可以的呢？顾忌太多，只能让被束缚的灵魂面对一个又一个不断破灭的梦想。

长居玛曲的那些诗人，用高原最稀薄的空气和阳光兑酒，醉成一篇又一篇醇厚的文字。我真的应该学学他们的执着。

2

早上翻书，看沈从文和张兆和的故事。1937 年，抗战的炮火迫使很多人离开北平，沈从文先生成为其中的一位。后来他给留守北平的张兆和写信说：你即或是因为北平有个关心你、你也同情他的人，只因为这种事不来，故意留在北京，我也不妒忌、不生气……可是，这口气任谁都看得出来他已经在生气、在妒忌了。遂又想起沈从文先生给张兆和的另一封信：三三，想起你我就忍受不了目前的一切了，我想打东西、骂粗话，想让冷气吹遍全身……

阳光透过窗玻璃后，铺满大半张书桌。那些久远的爱情故事，像是阳光里散落的珍珠，清澈、圆润、布满光泽。冬日，实在适合读这样的爱情故事。追电视剧，见男主角因要离开所爱的女子步入和别人的婚姻而哭得像孩子一样，也觉得无限美好。这些暖，可以替我们抵挡一阵子高原上渗骨的寒冷。

3

一直想写一封信。信纸是竖排的那种，纸质要粗糙到可以看得出纹路，最好有黄昏一样的颜色：透露一点点落寞和不舍，还有一丝不易察觉的羞涩。这样的信纸，一定得配以最好的笔墨：显出厚重、大方的黑色的墨，笔尖要稍粗一点，写出来的字才会有人的敦厚温和。太细太尖的笔，落在纸上的字都显轻佻或招摇，让人感觉不踏实。这样的信，可以不顾及逻辑章法，但字一定要好看，要让对方知道你用了心。哪怕你只是说说窗外慢慢暗下来的夜色，或是叙述一场虚构的远行。称呼和落款都不要紧，顶要紧的是，对方肯一字一句认真地读完。

很想写一封这样的信，盖上蓝色的邮戳，寄走。

可是，一直没能找到这样的信纸。

也没有找到收信的人。一直没有。

4

每至岁尾，总要生出碌碌无为的迷茫和光阴虚度的罪恶感。

不说。

低头忏悔好了。

似是乡愁

“如果愿意，你可以在向阳的台阶上独坐一整个下午，看黄昏一寸一寸覆盖小镇，看炊烟渐次升起。秋风乖巧，绝不会去讨扰你的安宁。”当我为故乡的秋色写下这样的句子时，突然觉得好厌恶自己：这样的我，更符合虚伪高调的媒体人嘴脸。以为像个旁观者一样丢几句似是而非的赞美词，就对得起遇见的那些风景了。好讨厌！

事实是，根本没有人能拥有大把的时间，在一个向阳的台阶上呆子般枯坐一下午。小镇上的人们都在忙，忙着在第一场冬雪落下来之前将生活拾掇妥帖。要是菜园里还有未及收拾的白菜芹菜包心菜，也要一一砍回家去洗净了腌咸菜过冬。炊烟虽然有，但稀薄得近乎朦胧虚无，再也无法氤氲成一个完整的故乡模样来。

我很愿意有这样一个黄昏闲坐，哪怕有秋风时时来讨扰我的安宁。可是，我不是也时时奔波于焦虑迷茫的路上吗？

冶海途中，道路两旁的小酸果们挤挤抱抱地红成一片。逆光望去，如鲜血一般透明。青缸树的叶子也是红的，色泽鲜艳得像是为了般配头顶湛蓝的天空。这些果果，小时候我都吃过，且吃得肆无忌惮，根本不顾及它们是否熟透可口。在那些久远而未失天真的年代，故乡和我，以及我的灵魂都是浑然一体的。如今，它们初心未改，依旧如当年一样簇拥着亲密，徒留回不去的惆怅与我，要独享一步三回头的忧伤……

被摆在路边兜售的那些蘑菇、木耳跟我也是熟识的。它们都被人为地抽干了水分，愁眉苦脸地蜷缩在一起，不知道会被什么样的人给带走。

若有一天，我有幸患上选择性遗忘症，我很愿意记住这些细碎幼小的美好。它们始终等我在最初的地方，从未改变。

湖边碰到一个卖香火的中年人，才聊两句，对方就知我是小镇本地的人。欣慰。以为是乡音亲切，他却淡淡一句：我认得你。离开多年，竟还有人能记得我，原以为自己早已被生活拍打得面目狰狞内心粗糙，失了早年的样子。那一刻，心底的感动像湖边奔跑的风，呼啦啦响成一片。

自父母搬离小镇后，我回故乡的机会越来越少。每去一次，都恨不得待上十天半个月，整天整天地虚度光阴或重温幼时温情。把失去的时光找回来，以补丁的形式缝成最暖的外衣，慰我日后旅途中的孤单。

我分明记得山里那些小野果熟透的味道，记得一片树叶从绿变黄时长满老年斑的样子，记得每座村庄最老土亲切的称呼。可是每次，我都匆忙如陌生的过客。

冶木河瘦了。瘦了的河水再也照不见我最初的样子。河的两岸，多出了很多时尚的建筑。有的宾馆模样，有的像是住宅小区。拥挤的河堤上，已寻不到一处空地可以像当年那样，将脚丫子伸到河水里，一直坐到弯月悬顶……

立 冬

夜间落了一场雪。不厚，刚刚白过远处的山头，似乎只是为了验证“立冬”这个节气。但我知道，甘南的冬季其实早于节气而抵达。

秋末或者更早开始，又进入新一轮的低迷症当中。当然，从医学的角度而言应该没有“低迷症”这个叫法。我刻意避开“抑郁”这两个字，是为了不给自己心理暗示和压力。或许，我莫名地悲观、焦虑跟厌倦，真的就只是周期性情绪低迷而已。

不排斥自己的时候，继续读木心。看他 1991 年冬天在纽约中央公园拍的照片，黑色呢大衣搭一条格子围巾，黑色长裤衬着干净的鞋子，整个人充满了神秘而儒雅的气质。可见先生不只是精神上的贵族，在穿戴方面也是极为讲究的。猜想，他还一定有干净而修长的手指。

1991 年的冬天太过遥远，已经想不起来经历了什么。那时候的我，愁绪一定是有的，但处在“为赋新词强说愁”的大好年华，应该还不知道什么是抑郁。那时候，周围的世界也不焦虑、不抑郁，还能随时觅着一片风轻云淡的风景。彼时的木心先生，正贴着大洋彼岸陌生而凛冽的寒意，辗转四处讲述着关于文学的故事。先生对《诗经》《楚辞》评价很高，认为是中国的纯文学。他说到一个人的好时，会频繁用到“可爱”这个词，可见他本人是更可爱的。

先生说：爱，原来是一场自我教育。并特意叮嘱“原来”二字不可忽略。

每每翻开，总能触摸到字里行间无限蔓延的温暖。

当然也有让人心酸到泪奔的地方：“我爱兵法，完全没有用武之地。人生，我家破人亡，断子绝孙。爱情上，柳暗花明，却无一村。说来说去，全靠艺术活下来。”

我得承认，我中了先生的毒并爱上了他的文字。五月去乌镇，当真就是奔着他去的。我以为能够停下来逗留一天，感受一下先生笔下“阴凉的晨”，和“恍恍惚惚，清晰的诀别”。可是，人头攒动的乌镇，想寻一处清静之地已是奢望。倘若先生健在，面对这样的喧闹，他是否也会束手无策到悲哀？

窗外，依旧是灰蒙蒙的天空。矮于五楼的松树上，还挂满昨天夜里的雪。刚刚痊愈的感冒又卷土重来，似乎要给我的低迷再加点颜色看看，只有不停地往体内灌水。立冬后的明天，又是一年一度的记者节了。如今最糟糕的情形，大概就是感觉还没正经年轻过，红颜模样就被岁月折磨得消失殆尽了。那个被称为青春或者激情的东西，悄无声息地破碎于我们发呆的瞬间、做梦的瞬间、绝望的瞬间，消失于我们下乡采访或奔波于会场的无数个瞬间。

可是，面对闪电一样迅疾的岁月，被称为无冕之王的我们，同样束手无策。

大　寒

阴天。风更是生硬而粗线条的冷。似乎只有这样才能验证高原风怪异的脾性和凛冽之锋芒。如果要来写它，我肯定找不到一个合适的形容词。写南国的风，自有很多柔软的词语来匹配。高原上的风，生硬得只会令人失语。也别指望它不知疲倦地整日流浪，会为我们早早带来春天的消息。

冬日昏沉慵懒。风景亦懒，除了天空透明寂寥的蓝以外。想去九层佛阁拍晨曦，去当周草原拍夕阳里单薄的树影。但都没去成，只是动了个念头而已。人更懒。两三年前的冬日，去森林公园拍过落日。那时树木还稠密，一湖水结成的冰面刚好盛放林间的夕阳，有着令人心动的大美。后来去，发现园子里的树木逐渐减少，有大型机械来回叫嚣，泥泞坑洼的路面到处写满叹息。再后来，一座庞大的建筑挡住了所有的夕阳，剥夺了树木们的语言。一个无限迷恋光影和绿色的人，这时候的难过是无以言表的。只能抱着黯然神伤的相机，转身离开。

几年前我曾一度怀疑自己患上了抑郁症，莫名痛苦，没完没了的情绪低落，以及各种吻合抑郁的症状。溺水一样无助，不知道该说给谁听，不知道说了谁会相信。亲人、朋友、同事，似乎都不是合适的倾诉对象，只好自己憋着。也就是那个时候，慢慢失去了对这个世界的信任和安全感吧？得有些孤单果真是渗入骨髓无人能救的。上网找答案，罗列出一大串诸如暴走、长跑、晒太阳、改善酸性体质这样很健康环保的治疗方法并一一尝试，但都没能长期坚持。至今日，我仍不敢确定自己是否真的抑郁过且已痊愈，但我清楚自己一直努力朝着有阳光的方向前行，仅仅是为了收集更多的温暖。

一直渴望一场落雪。一场像童年里见过那样洁白那样厚道的雪，白得可以照见我们的内心。大寒过后的雪，应该有春天的味道了。若用舌尖触及，除了透心的冰凉以外，肯定还能尝到一丝淡淡的甜意，即便不能重逢童年里堆过的雪人，我依然会心存感激。